Für Jane, Jas und Nicole
– sie wissen, warum.

periplaneta

Ava Sergeeva: „Ich bin Merkur"

2. Auflage, Januar 2021, Periplaneta Berlin, Edition Periplaneta
© 2018 Periplaneta - Verlag und Medien
Inh. Marion Alexa Müller, Bornholmer Str. 81a, 10439 Berlin
www.periplaneta.com - impressum@periplaneta.eu

Die Handlung und alle handelnden Personen sind erfunden. Jegliche Ähnlichkeit mit realen Personen oder Ereignissen wäre rein zufällig.

Lektorat: Sarah Strehle
Coverphoto by Olenka Kotyk on unsplash.com
Satz & Layout: Thomas Manegold
Gedruckt und gebunden in Deutschland
Gedruckt auf FSC- und PEFC-zertifiziertem Werkdruckpapier

print ISBN: 978-3-95996-093-9
epub ISBN: 978-3-95996-092-2

Ava Sergeeva

ICH BIN
MERKUR

Roman

periplaneta

Prolog: Der Hermaphrodit

Ich bin frei und unterdrückt
Ich bin Kind und ich bin Greis
Ich bin fliegend und gefesselt
Ich bin Bild und ich bin Tat
Ich bin Eins und ich bin Zwei
Ich bin Epos und Minimalismus
Ich bin tags und ich bin nachts
Ich bin Engel und ich bin Krieger
Ich bin schön und ich bin Ekel
Ich bin vorwärts und ich bin auf der Stelle
Ich bin Beschützer und Bezwinger
Ich bin beneidet und ich bin Neider
Ich bin Freund und ich bin Spalter
Ich bin Konstante und ich bin brüchig
Ich bin Lust und ich bin unberührbar
Ich bin offen und ich bin Geheimnis
Ich bin Heim und ich bin Reise
Ich bin Frühling und ich bin Eis
Ich bin Streben und ich bin Hindernis
Ich bin Silber und ich bin Gift
Ich bin Idee und ich bin Zweifel
Ich bin Ruhe und ich bin Wut
Ich bin Plan und ich bin Amnesie
Ich bin gläubig und ich bin unwissend
Ich bin Blume und ich bin Holz
Ich bin Sonne und ich bin Wüste
Ich bin Hunger und ich bin genug
Ich bin viel und ich bin zu viel.

Ich bin Mann und ich bin Frau.

I:

Memoiren

Ich wurde um 04:00 Uhr morgens geboren und seitdem vergeht kaum ein Tag, an dem ich nicht um 04:08 auf die Uhr schaue. Ob das der genaue Zeitpunkt meiner Geburt war, oder ob es sich um ein Zeichen aus der Zukunft handelt, dass ich um 04:08 Uhr sterben werde, ist offen. Aber auch wenn ich durch meinen Lebensstil nicht gerade dazu beitrage – ich liebe Wein, rauche wie ein Schlot, schlafe unregelmäßig und werfe mich mit Hingabe in herzzerreißende Situationen – plane ich, nicht weniger als 100 Jahre alt zu werden. Und ob 04:08 Uhr dabei nun eine Rolle spielen wird oder nicht, wird sich irgendwann zeigen. Fakt ist nur, dass die Zahl 4 mich begleitet, seit ich diese Welt zum ersten Mal betreten habe. Es wundert mich also entsprechend wenig, wenn ich sie ebenfalls mit der Zahl 4 im Hinterkopf wieder verlasse.

Meine erste Erinnerung an die Zahl 4 liegt sehr, sehr lange zurück. Ich war ein Kind, hatte zu der Zeit einen Stiefvater, der mir aus Papier bunte Häuschen gebastelt hat, und stand im dunklen, winzigen Bad der kleinen Drei-Zimmer-Wohnung, in der ich unter der liebevollen und fürsorglichen Obhut meiner Großeltern aufwuchs. Ich hatte mir nach dem Besuch der Ein-Quadratmeter-Toilette die Hände gewaschen und da kam mir in den Sinn, was für eine wunderschöne Zahl die 4 ist. Regelmäßig, gerecht, musikalisch.

Stücke im 4/4-Takt spielte ich auf dem Klavier am liebsten. Das Jahr hatte 4 Jahreszeiten. Ein Kartoffelauflauf ließ sich am besten in 4 Stücke schneiden. 4 Wochen hatte der Monat, und so konnte ich jede Woche neue Kleidung aus dem Schrank holen, ohne dass sich der Kleiderhaufen zu einem riesigen Berg stapelte.

Ich wusch mir also die Hände – 4 Mal innen, 4 Mal außen, 4

Mal zwischen den Fingern – und dann rieb ich sie 4 Mal an dem kleinen Frotteehandtuch ab, das schon immer über dem krankenhausgrünen Heizkörper im Bad hing, und ich beschloss, dass die 4 fortan meine Lieblingszahl sein sollte. Als ich zu meinem Stiefvater ins Wohnzimmer zurückkam, der bereits brütend über dem nächsten Papierhäuschen saß, war dieser Gedanke verflogen.

Meine Mutter hatte einige Verehrer in ihren jungen Jahren; von den meisten habe ich erst spät erfahren. Zweimal hat sie geheiratet und mit ihrem zweiten Ehemann ist sie immer noch zusammen. Nicht mit dem mit den Papierhäuschen – dieser war schön, jung und meiner Mutter auf Dauer zu leichtsinnig – sondern mit einem wirrköpfigen Einsteinverschnitt eines Biologieprofessors, der mit Vorliebe gut erhaltenes Fallwild sammelt und es liebt, jede Gesellschaft durch erstklassigen Knigge und intellektuelle Standards aus den letzten Jahrhunderten zu bereichern. Man muss ihm aber zugutehalten, dass er geboren wurde, als der Zweite Weltkrieg gerade in den Startlöchern stand. Damit ist er kein Jahr jünger als mein Großvater.

Meinen echten Vater habe ich als einen guten Bekannten der Familie kennengelernt. Immer, wenn er uns besuchen kam, war es ein Tag voller Freude, und dass er mein Vater war, habe ich ebenso erst mit fortschreitendem Alter erfahren – und auch den Grund, warum meine Großeltern zufälligerweise jedes Mal, wenn er kam, außer Haus waren. Er war Mutters Vorgesetzter und sie hatte sich in seine akademische Schläue und seine auktoriale, konzentrierte Intelligenz verliebt. Und obwohl er selbst verheiratet war und bereits eine Familie mit drei Kindern hatte, trafen er und Mutter das Abkommen, mich zu bekommen. Weil sie ihn liebte und seine Gene weitertragen wollte, sprach sie ihn von jeglicher Verantwortung frei und räumte ihm ein Besuchsrecht ein. Und obwohl er versprach, sich von seiner Frau zu trennen und sich um Mutter und mich zu kümmern, kam es nie so weit. Als ich bereits einige Jahre alt war, ließ er sich letztendlich scheiden und nahm eine sonderbare Gestalt zur Frau, eine theoretische

Jüdin mit Eulenaugen und schiefen Zähnen, die ihm in Bildung und intellektuellem Engagement in wenig nachstand – aber nicht meine Mutter, die bereits ihren Professor kennengelernt hatte.

Vor einigen Jahren ist er an dem Herzinfarkt gestorben, der ihm seit der Jugend vorausgesagt worden war, und auch wenn ich ihn als Mensch mochte und seine Gastfreundschaft, sein Interesse an mir und sein gerechtes Herz sehr schätzte, kann ich an zwei Händen abzählen, wie viele Tränen ich um ihn geweint habe. In seltenen Fällen richte ich nachts die Augen zum Himmel und unterhalte mich in Gedanken mit ihm; und ich hoffe inständig, er hat mir verziehen, dass ich das Geld, das er mir vor seiner letzten Herzoperation schenkte, um ihn im Krankenhaus mal auf dem Handy anzurufen, versoffen habe.

Später, nachdem ich mit Mutter in das Haus des Professors gezogen war, hörte ich oft die Frage, wie ich nur glücklich sein könnte. Denn ich hätte nie einen richtigen Vater, nie eine intakte Familie gehabt. Darauf hatte ich immer die Antwort: DOCH. Ich hatte eine intakte Familie, wenn auch ohne Vater, und meine Kindheit war sehr glücklich, weil Mutter, Großeltern und alle möglichen Tanten und Freunde mich so lieb hatten, wie mein Vater es wohl niemals gekonnt hätte, und sie alle sich die erdenklichste Mühe gaben, mir eine sorgenfreie Kindheit zu bescheren.

Es gelang.

Ich war ein fröhliches Kind und ich erfüllte mit jedem Entwicklungsschritt die Erwartungen der älteren Generation. Im Kindergarten war ich aber nie – mit 4 Jahren hatte ich meine Mutter, die den Kindergarten selbst bis aufs Blut gehasst hatte, überzeugt, dass es für einen Freigeist wie mich nur hinderlich wäre, dorthin zu gehen, und dass ich doch genauso gut mit den anderen Kindern im Hof spielen konnte, um soziale Kompetenzen zu erlernen. Meine Großmutter, die als Einzige teilzeitlich als Dozentin berufstätig war, spielte mir damit in die Hände, dass sie in der Zeit auf mich aufpassen konnte, in der meine Mutter noch in der Forschung arbeitete. Und wenn es mal nicht passte, nahm mich meine Patin, mit deren Kindern ich schon in den Windeln gestenlose Blutsbruderschaft geschlossen hatte.

In Wirklichkeit war ich aber schlicht und ergreifend zu feige, um in den Kindergarten zu gehen. Ich wollte nicht raus aus dem mir vertrauten Nest, ich hing zu sehr an der Familie. Seitdem bin ich sehr gut darin, so zu tun, als wüsste ich über etwas Bescheid und wäre über irgendetwas erhaben, während ich nicht über die geringste Ahnung verfüge.

Die erste Klasse kam mir ewig vor. Das lag vermutlich an der damaligen kindlichen Zeitwahrnehmung, in der alles verzweifelt lang erscheint und man sich nur danach sehnt, dass bald der nächste Lebensabschnitt kommt. Ich habe mich − zu meinem Triumph über den verpassten Kindergarten − sehr gut sozialisiert, hatte Jungs und Mädchen als Freunde und Feinde, lernte unter Tränen und Gürtelschlägen die x-Gleichungen und das saubere Zeichnen von Geraden, profilierte mich in Englisch, das mein Großvater mir mit eigens erfundenem Kissen-Mini-Tonbandgerät schon in die Wiege gelegt hatte, spielte Klavier, zeitweise vierhändig mit meiner Mutter, und fuhr in den dreimonatigen Sommerferien hinaus auf das wunderschöne Sommerhaus, das die Elterngeneration meiner Mutter mit eigenen Händen gebaut hatte.

Zahlreiche Blumenbeete, eine Obst- und eine Gemüseplantage, ein niedriges, voll ausgestattetes Küchenhäuschen und ebenso eins fürs Bad − das man mit Holzscheiten heizen musste, sodass die ganze Familie meistens am selben Abend baden ging −, ein ergiebiger Geräteschuppen, eine Garage für das einzige Auto, das meinem Großonkel gehörte, und − am majestätischsten und unvergesslichsten − ein magischer, dichter Nadelwald direkt vor dem Tor. In den verschiedensten Konstellationen gingen wir dort auf Pilzsuche, entdeckten vom Sturm entwurzelte Bäume und dachten uns Geschichten über Monster aus, die darunter hausten. Diese Monster waren wahrscheinlich auch für die Berge aus Bauschutt, Kompost und Plastikverpackung verantwortlich, die im

Laufe der Jahre aus dem Boden wuchsen. Manchmal – da waren die Müllberge noch kleiner – schlugen wir uns zur Dorfstraße durch und liefen zwischen bunten Holzhäusern und verlassenen Gärten zum Bahnhof, wo ich kulleräugig die Spielwarenabteilung im Gemischtwarenladen bestaunen durfte und zum Trost, weil die Tatsache, dass wir etwas knapp bei Kasse waren, stets mit der Aussage „Du hast schon so viel Spielzeug" kaschiert wurde, ein Eis bekam.

Auf der anderen Seite des Waldes, hinter der Hauptstraße, die eintönig, aber sicher wieder Richtung Stadt führte, lag mein Lieblingsort: der Sandsturz. An einer Stelle, hinter einer Lichtung voller Disteln, brachen Wald und Grund plötzlich ab und führten viele Meter in die Tiefe. Ein steiler Abhang, wohl zugunsten irgendeiner niemals ihren Zweck erfüllt habenden Baustelle erschaffen, fiel tief hinab und führte über Kilometer weiter Sicht von Tannen und kleinen Seen am Boden des Tals in die von oben allen Blicken verborgene, nächste Siedlung, deren Namen ich nie erfuhr. Auf eben jener Klippe über dem Sandsturz kamen einmal meine Eltern – die leiblichen –, meine Patin und ihre Kinder zusammen, um ein Lagerfeuer zu machen. Es war Sommer, es war mein 6. Geburtstag und es ist eine der unschuldigsten, abenteuerlichsten und deswegen schönsten Feiern, an die ich mich erinnere.

Die Sommerferien in dieser Siedlung schienen mir als Kind immer unvorstellbar lang. Traurig verabschiedete ich mich davor immer von Elena, meiner besten Freundin, die in der Stadt im Querhaus neben unserem wohnte – und vermutlich immer noch wohnt, da sie dick und hässlich geworden ist und es, außer einem 1er-Bachelor in Biologie, zu nichts Konstruktivem gebracht hat. Wir saßen immer im Hof beisammen und vergruben bunte Bonbonpapiere und Glasmurmeln unter Scherben von alten Bierflaschen im Sand vor dem Haus, in der kindischen Hoffnung, ein wichtiger Wissenschaftler – und kein Bulldozer vom nächsten Straßenbau – würde unsere Schätze in 400 Jahren finden und sich den Kopf darüber zerbrechen.

„Kommst du morgen spielen?", fragte Elena.

„Nein. Wir fahren ans Sommerhaus."

„Für wie lang?"

„Drei Monate."

„DREI Monate ...!"

Eine Ewigkeit in Kinderzeit, die natürlich beängstigend war und alles zu verändern drohte. Und doch war das Leben noch dasselbe, als wir in den ersten Septembertagen, rechtzeitig zum Schulbeginn, wieder zurückkehrten.

Zu ungefähr dieser Zeit fuhren Mutter und ich das erste Mal den Professor besuchen. Es war ein fremdes, warmes Land, dessen Sprache ich nicht verstand. Die Menschen lächelten dort und es regnete selten. Der Professor besaß ein dreistöckiges Haus für sich allein und bot mir ein eigenes Zimmer, mit Blick in einen lichten Laubwald, der der Garten des Nachbarn von gegenüber war. Es hatte einst seiner älteren Tochter gehört, doch diese war längst in die Staaten ausgewandert. Ich teilte es mir nun mit seinen zwei Kanarienvögeln.

Ich war nicht gewöhnt an Bananen und Schokomilch, an wolkenlose Himmel und Läden, deren Sortiment nur aus Spielzeug bestand, an ordentlich gewartete Spielplätze und Fußgängerzonen. Und so hatte der Professor mich im Nu für sich erobert. Vermutlich war genau das die Absicht meiner Mutter, die mir wenige Wochen nach unserer Rückkehr mitteilte, dass wir zu ihm ziehen würden.

„Es hat dir doch gefallen?"

„Ja."

„Dann fahren wir bald wieder hin. Und diesmal nehmen wir ganz viele unserer Sachen mit. Und bleiben länger."

„Und wann kommen wir wieder zurück?"

Sie schwieg ein paar Sekunden länger, als es für eine einfache Antwort üblich gewesen wäre.

Wider Erwarten aller fiel es mir nicht schwer, mich von allem, was ich gewohnt war, zu trennen. Immerhin hatten wir den Großeltern versprochen, uns jeden Sonntag zu melden und mindestens einmal im Jahr für ein paar Wochen zu Besuch zu kommen. Wir halten uns auch bis heute daran, auch wenn die Fax-Briefe sich durch Skype-Calls ersetzt haben und nicht mehr wöchentlich, sondern monatlich stattfinden und das Reisen in die Heimat sich auf alle ein bis zwei Jahre reduziert hat. Wie auch immer, der damalige Umzug – der erste in meinem Leben – erwies sich als schicksalhaft und brachte mich dahin, wo ich jetzt bin.

Der Professor zögerte nicht lange, mich in eine gute Schule zu stecken. Ich beendete nochmal die zweite Klasse, die mir vorkam, wie der verpasste Kindergarten, und fragt man meine Mutter, so sprach ich danach die Sprache fließend. In der Tat lerne ich Worte so schnell, wie ich Zahlen nicht einmal formulieren kann.

Meistens mochten mich die Leute – umso interessanter ist es nun festzustellen, dass ich, seit ich zurückdenken kann, niemals nur ich selbst gewesen bin. Ich mochte mich eigentlich auch ganz gern, aber noch lieber war ich immer jemand anderes, zu dem ich aufsah, für den ich schwärmte oder den ich sonstwie bewunderte. Mal war ich Dagobert Duck, dann wieder Kirk Cranston aus California Clan, mal war ich Timon ohne Pumbaa, Asterix ohne Obelix, Keith Kogane ohne Allura – und das verstanden die wenigsten Kinder, die lieber „Buben fangen Mädchen" und „Mutter, Mutter, wie weit darf ich reisen?" spielten und sich mit Weltlicherem beschäftigten, als Intrigen zu spinnen, Abenteuer zu erleben oder die Welt zu retten.

Ich – für mich! – wähle mir seit Kleinkindesbeinen an immer eine Persönlichkeit, die mir auf irgendeine Weise schillernd und bemerkenswert erscheint, und ich war immer enttäuscht, wenn andere diese Persönlichkeit nicht in mir erkannten und sich weigerten, mich bei dem entsprechenden Namen zu nennen. So blieb mein kleiner Persönlichkeitskatalog ein buntes, geheimnisvolles Feld für mich, bis ich ihn irgendwann mit Joana teilen konnte.

Vielleicht durch meine nach und nach zunehmende, fantasievolle Verschlossenheit, vielleicht durch die restlichen Spuren der Sprachbarriere, durch den Mentalitätsunterschied beider Länder, vielleicht wegen meines damals fetten Arschs oder meine nicht gerade zeitgenössische Mode mutierte ich binnen weniger Jahre zum unbestrittenen Außenseiter und blieb einer, bis ich erwachsen genug war und nicht irgendeine Gruppe, dafür aber besondere Menschen um mich scharte, mit denen sich der Umgang wirklich lohnte. In den höheren Klassen machte ich alle Phasen gesellschaftlicher Rebellionen durch, gab mich mehr mit Lehrern ab als mit Schülern, kassierte aber dennoch Verweise und Strafarbeiten für destruktives Verhalten wie Rauchen auf dem Pausenhof und das demonstrative Lesen der Autobiographie Marilyn Mansons im Sozialkundeunterricht.

Ich war nicht besonders anstrengend in der Pubertät – ich war nur anders. Doch für die Mehrheit gab es dazwischen keinen Unterschied. Durch optische und verhaltensändernde Rollendarstellung half ich mir selbst bei jedem gesellschaftlichen Schlag und stand wieder auf, um meine wie Masken angelegten Persönlichkeiten mit neuem Mut an die Öffentlichkeit zu tragen. Mein Verhalten war harmlos und genau deshalb fürchteten die anderen nicht den möglichen Wahnsinn meines Spiralenverstandes, sondern belächelten mich als Freak.

Aber in den richtigen Kreisen fand auch ich irgendwann die richtigen Leute. Ich hatte die elfte Klasse wiederholt, weil ich ansonsten mit Fünfen in Mathematik, Erdkunde, Altgriechisch, Chemie, Physik und Wirtschaft mehr als unredlich abgeschlossen hätte. Das war meiner leidenschaftlichen Konzentration auf alles andere außer den verhassten Fächern geschuldet: dem Schulchor, der Schulband, der Schreibwerkstatt und den Rhetorik- und Französischkursen. Und es war das Beste, was mir hätte passieren können, auch wenn meine Familie, allen voran meine Großeltern, mich lange und hart dafür kritisierten.

Die zweite elfte Klasse war die entspannteste und freuden-reichste Zeit, an die ich mich erinnern kann. Nur ein Jahrgang hatte mich nämlich davon getrennt gehabt, endlich eine Nische von Leuten zu finden, in der ich in Ruhe so sein konnte, wie ich mich gerade fühlte. Ich wurde nicht mehr belächelt, sondern respektiert. Auch meine Persönlichkeiten, die natürlich keine Cartoonfiguren mehr, sondern erwachsener geworden waren, wurden angenommen. Hier fand ich eine Handvoll Gleichgesinnter, die viele meiner Leidenschaften teilten, weil sie selbst irgendwie anders waren, und ich freute mich auf jeden Tag Schule, um mich endlich auszuleben und Zeit mit jenen liebenswerten Personen zu verbringen. Auch wenn wir nach einem betrunkenen Abschlussball auseinandergingen, habe ich doch zu vielen meiner damaligen Dungeons-and-Dragons-spielenden, tolkienfanatischen und musikmachenden Freunde bis heute Kontakt.

Ich erinnere mich gut an meinen ersten Unitag. Ich trug eine neue Bluejeans, ein graues Shirt und die helle Lederjacke, die meine Mutter mir geschenkt hatte. Mein Haar – ich trage es nie kürzer als bis zum Kinn, weil ich Kurzhaarfrisuren unästhetisch finde, aber für meinen ersten Tag als akademischer Frischling hatte ich es immerhin ein bisschen gestutzt – war sauber gewaschen und puschelig. Ich fühlte mich gut, neugierig, breitschultrig und positiv, wie ich mich immer fühle, wenn ein neuer Lebensabschnitt beginnt, in dem ich mich neu definieren, mir selbst eine neue Rolle geben kann. Wenig verwunderlich, dass ich dank dieser Ausstrahlung schnell einen ersten Unikumpel fand. Er hieß Darko, hatte exakt die gleiche abgefahrene Fächerkombination wie ich (Theaterwissenschaft und Japanologie) und war trotz seines irgendwie adrett wirkenden Bübchen-Äußeren eine unerträgliche Klette mit einem sehr langsam rechnenden Hirn. Manche Leute, und sei es rein aus platonischen Gründen, fixieren sich einfach zu schnell.

Ich wurde ihn erst los, als er nach zwei Semestern Japanologie das Studium schmiss – wie 70 Prozent unseres Jahrgangs – und ohne Erklärung die Stadt verließ. Ich hörte nie wieder von ihm. Genau genommen erfuhr ich davon nicht einmal von ihm selbst, sondern von anderen Kommilitonen, mit denen ich hin und wieder, auf Grund von meist oberflächlichen gemeinsamen Interessen, herumhing. Eine Weile hoffte ich, dass er sich nicht umgebracht hatte, aber sogar dafür wäre er vermutlich zu langsam gewesen.

Wie Seminare, deren Teilnehmerzahl mit dem Fortschreiten des Studiums schrumpft, schrumpfte auch die Zahl meiner Universitätsfreunde von einer Handvoll auf einen: Das erste Mal im Leben hatte ich auch mal einen besten Freund. Sein Name war Kay und wir überschnitten uns in geisteswissenschaftlichem Gedankengut, den Musikstilen, die wir vorzogen, und unserer Vorliebe für Fantasyrollenspiel, worüber wir quasi Hand in Hand Bachelor- und später Masterarbeit schrieben. Vielleicht ist es anmaßend anzunehmen, dass Kay eine Zeitlang mehr als nur platonisches Interesse an mir hegte, aber ich hatte nicht wenige Male dieses Gefühl. Und wenn das stimmt, rechne ich es ihm sehr hoch an, dass er stets die nötige Diskretion besaß, mich nicht damit zu belästigen. Er ist ein angenehmer und kluger Mensch, der erwachsen mit seinen offenherzigen, homoerotischen Tendenzen umgeht. Vielleicht ist er ja auch ein Hybrid aus einem genetischen und einem ausgedachten Selbst, dessen Beschaffenheit keiner sieht.

Ich machte also meinen Masterabschluss als einziger Abkömmling meines Jahrgangs in Regelstudienzeit, was meine Familie sehr stolz machte, sodass Großeltern, Mutter und der Professor mir einen erheblichen Teil einer neuen Wohnung in der Hauptstadt finanzierten, die ich am Ende meines Studiums bezog. Sie liegt zwar in einer lärmenden, hässlichen Gegend, die mich sehr an meine Geburtsstadt erinnert, die mich aber endlich einen Schritt von der vorherigen Studentenbude abhebt: hell, geräumig, sauber (meistens) und gut ausgestattet, ein richtiger Haushalt.

Ich schrieb meine Masterarbeit zwischen Umzugskartons und fuhr 500 Kilometer, um sie persönlich in meiner Universität einzureichen. Während der ein Jahr dauernden Zeugnisausstellung (so ist das häufig mit den Geisteswissenschaftlern) arbeitete ich (natürlich völlig studienfremd) in einer IT-Agentur, wo ich noch mehr Freunde fand, die meine Kindheitsfeinde mit Sicherheit in die Nerd- und Loser-Schublade gesteckt hätten. Mich kümmerte das schon lange nicht mehr. Ich bin erwachsen geworden. Die, die mir wichtig sind, auch, und das Leben ist schön, gerade im Moment.

Jetzt bin ich hier, entspannt im gelben, großen Sessel in meinem Arbeitszimmer, das zur Hälfte auch mein Schlafzimmer ist, und starre aus dem Fenster auf den dunkelroten Backstein einer Fabrikruine und den Sonnenuntergang dahinter. Wenn auf der gegenüberliegenden Straßenseite jemand vorbeigeht und mein Glotzen sieht, wird er sich nichts dabei denken, sondern sein Paket von der Post abholen und in Ruhe einkaufen, bevor er zu seiner Familie oder in einsame vier Wände zurückkehrt.

Gestatten – Dex.

2:

Joana

Ich lebe mit einer wunderbaren Frau zusammen. Wir teilen seit Beginn meines Studiums vier Wände, genau genommen also seit sechs Jahren – wobei man auch vorher schon von einer Wohn- oder Lebensgemeinschaft sprechen konnte, denn seit wir uns kennen, verbringe ich 90 Prozent meiner Zeit mit ihr.

Joana stammt aus der kleinen Stadt, in der das Haus des Professors steht. Sie hasst es, mit „Joh-aana" angesprochen zu werden – nein, mittlerweile belächelt sie es nur noch und fühlt sich nicht mehr angesprochen –, weil ihr Name nunmal englisch ausgesprochen wird: „Dscho-ä-na". Viele wollen wissen, ob sie englischsprachige Eltern oder Wurzeln hat – und tatsächlich lebt ein Teil ihrer entfernten Verwandtschaft in Übersee. Aber Joana selbst ist hier so heimisch, wie der Professor und alle unsere Freunde. Ihre Eltern mögen lediglich die englische Sprache und ihren Klang. Damals, als Joana geboren wurde, gab es noch nicht diesen ins Lästige verkommenen und besonders von der Unterschicht mit Hingabe verfolgten Trend, jedem Kind einen englischen Namen zu geben, ganz gleich, ob der Nachname dazu passt oder den ganzen Persönlichkeitseindruck ins Lächerliche verzerrt.

Sie stammt aus keinen einfachen Verhältnissen. Ihre Eltern trennten sich früh und ihre Mutter, gezeichnet von ständiger Überarbeitung und hin- und hergerissen zwischen vielen falschen Freunden, war nervlich bald so dünn, dass Joana und ihre älteren Geschwister ständig als Ventile für Stress und Streit herhalten mussten. In der Zeit, in der es für ein Kind wichtig ist, zu lernen, akzeptiert und gefördert zu werden – das, was meine Familie richtig gemacht hat –, war alles, was sie bekam, ein täglicher

Eimer Gülle: Wie dumm sie sei, welch Belastung und Bürde. Und irgendwann begann Joana, selbst daran zu glauben.

Es soll nicht der falsche Eindruck entstehen, dass ihre Seele unter der frühzeitlichen Schikane verkümmerte und sie zu einem stillen Mauerblümchen wurde. Im Gegenteil: Joana hat viel an energetischer, positiver und kämpferischer Ausstrahlung, die sie über die Jahre optimiert hat. Aber der Weg dahin war weit, und ich hoffe – zumindest zu einem Teil –, ich habe zu ihrer Reifung etwas beigetragen.

Joana ist ein Maskenträger, und die meisten, die sie kennenlernen, nageln sie an der Maske fest, mit der sie sie kennengelernt haben, und sind enttäuscht oder entsetzt, wenn sie plötzlich Lust hat, eine andere zu tragen.

Joana schockiert gern. Sie überbringt gern schlechte Nachrichten. Vielleicht, weil sie damit das Gefühl hat, Herr über etwas zu werden, wovon sie selbst beherrscht wurde. Sie erträgt keine Zwänge und nur sehr wenige Regeln. Ihr Interesse ist schwer zu fokussieren und noch schwerer zu halten, aber umso mehr will sie das Interesse anderer an sich schüren, um es dann fortzuwerfen, sobald es sie in ihrer Freiheit beschneidet. Ihr Drang danach ist nur noch zu schlagen von ihrem Drang nach Gerechtigkeit, den sie in allen grundsätzlichen Lebensfragen durchzuziehen versucht.

Sie sucht passiv Anerkennung von denen, die ihr selbst egal sind, und aktiv von denen, die sie niemals zu erreichen glaubt, genau deswegen erscheint sie vielen hochtrabend und arrogant. Und ja, arrogant ist sie in gewisser Weise, aber nur, weil sie weiß, dass sie so Vieles so viel besser kann und weiß als andere, was sie von der Masse abhebt, so wie jeder intellektuelle Mensch über ein Grat sozialer Arroganz verfügt – häufig berechtigterweise.

Sie ist vielseitig begabt. Sie singt stark und laut, sie spielt auf der Bühne und vor der Kamera, sie schreibt akribisch und ausschweifend, und sie ist gesegnet mit überbrandender Empathie und Fantasie. Und wenn sie sich bei ihren Zielen nicht selbst im

Weg stehen würde, hätten wir uns bestimmt längst aus den Augen verloren.

Joana hat im Laufe ihres Lebens viele Fehler gemacht, aber den Punkt darin stets erkannt und diese Fehler nie wieder begangen. Sie kann bereuen, und das mit Aufrichtigkeit, aber sich zu entschuldigen fällt ihr schwer. Sie verschweigt lieber etwas, als zu viel von sich preiszugeben, aber sie heuchelt nur noch selten. Sie ist hingebungsvoll, wenn ihr jemand besonders erscheint, aber umso nachlässiger, je besser sie ihn kennt.

Sie ist egozentrisch und redet gern über sich. Ihre Figur, die durchaus nicht den Klischeemaßen der aktuell idealen Schönheit entspricht, aber über sehr regelmäßige, ästhetische Proportionen verfügt, ist dabei meist das Hauptthema. Die Zahl auf der Waage ist das, was ihre Laune und den Tagesablauf massiv beeinflussen kann, auch wenn ein Außenseiter niemals etwas anderes als ihre Schönheit bemerken würde. Trotz allem isst sie gern und gut und an anderen Tagen setzt sie sich den unmöglichsten Diäten aus, um am Wochenende in das neubestellte Korsett zu passen.

Sie ist eine Schauspielerin, eine Künstlerin, eine Diva, die in ihrer eigenen, kleinen, wirren, schönen Welt das Recht dazu hat, eine zu sein. Daraus schöpft sie die Kraft, ihre Charakterstärke in die Realität mitzunehmen, auf die Gefahr hin, als seltsam abgestempelt zu werden. Sie weiß, dass sie das Zeug dazu hat, eine umwerfende Persönlichkeit zu sein. Dafür muss sie nur noch ein paar Hindernisse überwinden, die sie zu früh als unabänderlich akzeptiert hat.

Joana ist kompliziert, aber sie ist es gern. Wäre sie es nicht, würde sie sich mit sich selbst langweilen, sagt sie, selbstkritisch lächelnd. Und in der Tat hat sie dank ihrer eigenen Egozentrik gelernt, sich von außen zu betrachten. Auch wenn sie oft ein ins Hässliche verzerrte Bild von sich hat, weiß sie sich in vielen Situationen doch richtig zu benehmen, das Richtige zu sagen oder die beste Entscheidung zu treffen.

Sie wäre eine fabelhafte Rechts-, aber eine miserable Staatsanwältin, wobei sie ihrem Mandanten natürlich nicht sagen dürfte, er sei ein Arschloch, selbst wenn dem so wäre. Als solche betitelt sie Menschen nämlich gern, und das oft zurecht. Sie hat ein hitziges Temperament, das entflammt, sobald etwas ernsthaft ihre Geistesmitte trifft und sie sagt manchmal absichtlich schlimme Dinge, um den Gegner mit Karacho zu entwaffnen und das letzte Wort an sich zu reißen, auch wenn sie es später bereut. Fällt ein Vorfall allerdings unter die Grenze ihrer sozialen Arroganz, kümmert sie sich mit stoischer Gelassenheit einen Scheißdreck darum.

Joana ist auf eine Weise schön, wie es keinem gängigen Klischee entspricht. Sie hat eher breite Schultern und leicht abstehende Ohren, ein kantiges Kinn und ihrer Meinung nach auch eine zu große Nase, was ich nie so empfand. In ihren großen, gewitzten blauen Augen sehe ich aber eine jugendliche Lebensfreude, die der latenten Trauer in ihren Lachfältchen die Hand reicht. Ich weiß, wie weich ihr sinnlich geschwungener Mund ist und die Haut ihrer Handrücken. Ich kann bezeugen, dass sie, sollte sie nicht gerade hemmungslos betrunken sein, jeden mit ihrem Witz und Verstand um Kopf und Kragen reden und ihn, wortlos zurückgelassen, selbst in Abwesenheit noch verblüffen kann. Was an ihr hässlich ist, sind ihre Komplexe, die eine völlig nachvollziehbare Wurzel haben, die sich aber wie immer wiederkehrende Krämpfe lähmend auf ihr Verhalten und ihr Selbstdenken legen. Gäbe es diese nicht, wäre sie aber nicht mehr sie selbst – es sei denn, sie hätte sie eigenhändig bezwungen. Dann wäre sie unumstritten die wunderbarste Frau dieser Welt.

Alles in allem klingt Joana nach keiner Person, mit der man so einfach zurechtkommt – es sei denn, man ist ich.

Wir stachen uns gegenseitig das erste Mal ins Auge, als sie neu in die dritte Klasse kam. Wir beurteilten uns synchron als hässlich, nervig und ohne jedes Recht, in dieser Klasse zu sein. Aber diese gegenseitigen, rabiaten Urteile wurden niemals ausgesprochen. Als sie wenige Tage später mit einem Der-König-der-Löwen-Pullover in die Schule kam, wusste ich, dass wir seelenverwandt waren. Ich wagte also den ersten Schritt und machte ihr ein Kompliment zu dem Pulli – das war damals meine Strategie, wenn ich jemanden kennenlernen und mich gleich mit ihm gutstellen wollte: ein Kompliment zu etwas machen, ganz gleich, ob es mir tatsächlich gefiel oder nicht. Diesmal war es aber anders, mein Kompliment war ehrlich und trug Früchte, denn das laute und freche, aber etwas einsame dunkelhaarige Mädchen, dem der krummgeschnittene Pony wild in die Augen hing, sah mich plötzlich ebenfalls mit anderen Augen und wusste, dass wir Freunde werden könnten.

Bis auf ein paar wenige Ausnahmen, gemessen an den langen Jahren unserer Koexistenz, habe ich unser Zusammentreffen nie bereut. Joana war nämlich das exakte Komplementärteilchen, was mir in all den Peer Groups, durch die ich mich je bewegt habe, gefehlt hat. Wo ich zu feige war, stand sie mutig auf, um zu sprechen. Wo sie im Streit die Kontrolle verlor, milderte ich nachhaltig ihre Wut. Und das Erstaunlichste war, dass sie nahezu wortlos meinen Drang verstand, die Rolle eines anderen zu spielen – und sie spielte mit. Wo sie Esmeralda war, war ich Quasimodo. Wo ich Scully war, war sie Mulder. Sie brachte mich zum Lachen und in Momenten der Streitereien umso mehr zur Weißglut. Bis heute ist sie der einzige Mensch, der meine Wirren bis ins letzte Detail kennt und versteht.

Dass ich sie liebe, wurde mir bewusst, als ich 14 war. Irgendwann auf dem Heimweg breitete es sich plötzlich wärmend in mir aus, eine goldene Gewissheit. Ich erzählte es aber niemandem und behielt es vorerst für mich, genoss lieber die gemeinsame Zeit, die wir gern bis Einbruch der Dunkelheit draußen verbrachten. Zwischen den beiden Häusern unserer Eltern liegt ein alter Exerzieracker, ein Gelände, an dem die siedelnden GIs früher ihre Truppenübungen gemacht haben. Jetzt, und auch damals schon, war er zu einer weiten Feldfläche mit Blumen, Gras, kleinen Teichen und vereinzelten Baumgruppen geworden, besonders im Frühjahr bewohnt von Schmetterlingen und brütenden Vögeln. Dieser Acker trennte meine Siedlung von Joanas und genau in der Mitte des Weges, an der Grenzschranke, stand meine Schule. Trat ich von deren Gelände auf den Acker, erstreckten sich vor mir eine blühende, wispernde Natur und bewaldete Berge am Horizont. Ein ebenes und dankbares Land für unsere Fantasie. Wir verbrachten sehr viel Zeit dort und spielten unsere Rollen. Das Fesselndste daran war, dass uns dort niemand zusah oder störte, sodass wir uns ein Netz von eigenen Regeln spinnen konnten. Miteinander konnten wir sein, wer wir wollten, und das Beste war, wir konnten die Rollen auch wechseln, wenn eine uns zu langweilig wurde. Bald schon kopierten wir nicht nur existente Persönlichkeiten, sondern schufen uns eigene und die Zahl unserer Rollen wuchs und wuchs und wurde mit der Zeit zu einem komplexen, narrativen Geflecht, in dem wir – aber auch nur wir! – uns bestens zurechtfanden.

Irgendwann im selben Jahr nahm ich meinen Mut zusammen und sagte Joana, warum es mich immer ärger störte, dass ihr generelles Interesse an Jungs zunahm. Wir standen auf der Brücke zwischen unseren Siedlungen, an der Schranke des Ackers und waren gerade dabei, uns langatmig, wie jeden Abend, zu verabschieden. Sie schien es schon geahnt, sich aber keine Gedanken um eine mögliche Antwort gemacht zu haben, und so war die Situation etwas betreten, als sie sich ans Brückengeländer lehnte und lächelnd den Kopf senkte.

Aber sie befreite uns schnell und fair daraus – indem sie ehrlich zu mir war.

„Ich weiß nicht, was ich sagen soll."

„Du musst nichts sagen. Ich bin nur froh, dass du es jetzt weißt."

„Ich mag dich auch sehr gern. Ich hab dich am liebsten. Aber vielleicht passiert ja noch irgendwas. Wir wissen ja nicht, was noch passiert ... Wollen wir nicht einfach mal schauen?"

Sie kam auf mich zu und wir umarmten uns, und als wir uns küssten, kam ihr Onkel zufällig vorbeigejoggt, sodass wir uns schnell wieder voneinander lösten wie zwei Teenager in einer dämlichen Komödie. Wir hofften, er hätte uns nicht gesehen oder zumindest nicht erkannt, aber fortan sahen wir uns mit etwas anderen Augen an, noch aufrichtiger und vertrauter als zuvor.

Ich bin 26, Joana ist noch immer bei mir und wir sind beide offiziell single. Vielleicht „schauen wir einfach mal" weitere 18 Jahre.

3: Was ich an Frauen hasse

Die unkontrollierte Zahl ihrer Mitteilungseinheiten
pro Tag

REDEDRANG

Ihr Fordern nach Rechten in Bereichen,
wo sie längst gleichberechtigt sind

GESCHREI

Der Wahn, irgendwelchen Schönheitsidealen
entsprechen zu müssen

Solariumbräune

MIAU

Wenn sie beim Essen so tun,
als würden sie sich frischmachen gehen,
damit man die Rechnung übernimmt

Tiefe Dekolletés und
Ausraster, wenn man
sie anspricht

Zu kurze
Röcke und Hosen,
die Blicke auf die
Intimrasur erlauben

„Ihren" Kaffee
und „ihren"
Mädelsabend

Das Kindchenschema

PINK

Naivität oder
Toughness in Extremen

TRÄNEN

HYSTERIE

LAUNEN

Frauenzeitschriften mit
Auslassungen über
„den modernen Mann"

Sich ständig zu fett
zu finden

„Bikinizonen" und Nagelstudios

fishing for compliments

Schlafzimmerblicke

Schlecht antrainiertes
Selbstbewusstsein,
das aufdringlich wird

go.feminin

KAUFSUCHT

DIÄTEN

Die Salzstreuerin

und dann in Ohnmacht fallen

Klimpernde Wimpern
mit gerunzelter Stirn,
weil die Augen
so weit aufgerissen sind

Keine
Gelegenheit
auszulassen,
sich zu profilieren,
obwohl es
nicht nötig ist

Sich zu
betrinken,
obwohl man
nichts
verträgt
und andere
dafür
beschuldigen

Jemanden nur mit den Reizen
von sich überzeugen wollen

Die Entscheidung für
Strich oder
Pornographie

Ständig pissen
zu müssen

SEXSPIELZEUG

KURZHAARIGE

Jedes
Kleidungsstück im Store
anprobieren
zu müssen

Vorgetäuschte Orgasmen

Ohrfeigen austeilen,
aber heulen, wenn
man zurückschlägt

Übertriebene
Sucht nach
Schokolade,
die man
lautstark kundtut

GEHEIMNISSE

Immer den Zwischenweg
zwischen
„Ja" und „Nein"
zu suchen

Viel zu kleine Hunde

High Heels anzuziehen
und danach im Winter barfuß
zu laufen,
jammern oder verlangen,
getragen zu werden

Viel zu kleine
Handtaschen

Sich bei Eiseskälte viel zu knapp anzuziehen, krank zu werden und es danach wieder GANZ GENAUSO machen

Kleidung nach Aussehen und nicht nach Wetterlage wählen

SINNLOSE NACKTHEIT

Menstruationszustände

Operierte Brüste

Botoxüberdosen

Bei Liebeskomödien zu heulen

Konkurrenzdenken mit Mobbing gleichzusetzen

Unselbstständig zu sein

Zu heulen und dabei Eis zu essen, um noch fetter zu werden

BULIMIE

Auf sich warten zu lassen

Die Erfindung des Frauenbeauftragten

Blondierung mit Wasserstoffperoxid, um einem anderen zu gefallen

Sich katzenhaft vorzukommen

Erobert werden wollen, anstatt sich selbst zu bemühen

Stundenlang zu telefonieren ohne Punkt oder nachdem dieser längst gesagt ist

Stundenlanges Kramen in der Handtasche

SMALLTALK

Einen abgebrochenen Fingernagel zu betrauern

off-record politeness

Unbequeme Wahrheiten aus einem herauszunerven und dann wegen deren Inhalt beleidigt sein

Abladen der eigenen Einkaufstaschen auf andere

Parfumwolken zu verbreiten, weil man es selbst nicht mehr riecht

Verbote, Dinge zu kaufen, um das Geld für etwas anderes auszugeben

„Einen Salat und ein kleines Wasser" zu bestellen und das Essen vom Gegenüber aufzuessen

PERFEKTIONSSCHEIN

BEMÜHTHEIT

Multitasking, auch ohne Fähigkeit

EITELKEIT

Verbote, die eigenen Freunde zu sehen, aber „ihre Mädels" treffen

Glauben, dass sie einen bei der Kleiderwahl beraten müssen

Verweigerung von Haushaltsarbeit wegen des Äußeren

„Ich schmeiß alles hin!" und es doch nicht zu tun

FATALISMUS

Sich einladen zu lassen und das eigene angeblich nicht vorhandene Geld für Make-up ausgeben

PUTZFIMMEL

PEDANTERIE

Beleidigt zu sein, wenn man zu beschäftigt ist, sich zu melden

INKONSEQUENZ

„Ich wollte aber, dass ...!"

Posten von kitschigen Sprüchen auf Facebook

Mit Sorgerechtsentzug zu drohen

KONTROLLANRUFE

4:

Ein Herz, zwei Seelen

Seit meinem Geständnis waren Joana und ich noch unzertrennlicher als vorher. In dieser Zeit waren wir nur noch selten allein irgendwo anzutreffen. Wir vereinheitlichten unsere Freundeskreise und ich lernte einen Großteil ihrer Familie kennen, auch die entfernteren Verwandten, die mich herzlich und willkommenheißend in ihre Reihen aufnahmen. Das geschah sehr zum Leidwesen meiner Eltern, die andere Familienideale hatten. Auch wenn Joana und ich die besten Freunde waren, gab es für meine Familie doch bestimmte Sachen, die man „nur mit der Familie" unternahm, zum Beispiel Geburtstage, Winterfeste oder Besuche bei Verwandten von weiter weg. Vor allem um Letztere tat es mir leid. Die Familie des Professors hatte mich in Kindheitstagen nämlich auch sehr liebend aufgenommen und früher haben wir seine zwei Brüder und deren Frauen sehr gern besucht. Aber meine Eltern brachten Joana und mir niemals so eine Warmherzigkeit entgegen, wie ihre Familie. Da es sich bei Joana nicht um meine feste Freundin handelte, einen Rang, der für Familiendinge relevant gewesen wäre, habe ich den anderen nie von ihr erzählt. Ich wurde aber auch nie gefragt.

Joana selbst war traurig über meine soziale Feigheit, sie nicht in Familiendinge einzubeziehen. Aber nach einer Weile und ein paar schwierigen Diskussionen akzeptierte sie die Einstellung meiner Eltern und meine Hoffnungslosigkeit, sie von etwas mehr Offenheit zu überzeugen. Das führte allerdings dazu, dass sie sich bei mir zu Hause bald unwohl und unwillkommen fühlte, denn meine Eltern empfanden es als völlig normal, die Freunde vor dem „Abendessen mit der Familie" höflich rauszuschmeißen. Obwohl sie nichts gegen Joana hatten, wünschten sie sich doch einen anderen Umgang für mich, weil sie schlichtweg nicht wussten, wie viel sie mir gab. Sie wollten, dass ich einen Freundeskreis aus Akademikerkindern aufbaute und aufhörte, mich auf eine Person zu fixieren, um meinen Horizont zu erweitern und meine geistigen Fähigkeiten zu stärken. Dass zwischen Joana und mir eine Verbundenheit herrschte, die jeglichen intellektuellen Input an Intensität und Wichtigkeit ausstach, habe ich ihnen bis heute kaum mit Worten erklären können.

Irgendwann gewöhnten sie sich daran, dass ich nicht mehr zum Sieben-Uhr-Abendessen nach Hause kam, sondern dann, wann ich es für richtig hielt. Sie waren traurig darüber, aber mit den Jahren wurden sie gelassener.

„Du musst *fragen*, ob du am Wochenende bei mir schlafen darfst?", fragte Joana mich irgendwann argwöhnisch und auch ein wenig mitleidig. „Ich muss immer nur Bescheid sagen."

Das kam mir damals wie ein unglaublicher Luxus vor: Nicht zu fragen, sondern den Eltern einfach Bescheid zu sagen, was man vorhatte und vielleicht über Nacht wegzubleiben. Als ich einmal den Mut hatte, diesen Ansatz auch zu Hause zu versuchen, traf ich überraschenderweise auf wesentlich mehr Verständnis, als ich erwartet hatte. Vielleicht lag das an dem Handy, das ich mir mit 15 von meinem eigenen ersparten Taschengeld gekauft hatte. Seitdem sagte ich auch nur noch Bescheid, und wenn meine Eltern wussten, was ich trieb, gab es keinen Streit mehr.

„Richard hat heute Geburtstag. Dieser Kumpel von meiner Mom. Ich bin auch eingeladen. Aber ich geh nicht hin", erzählte Joana mir irgendwann trübsinnig.

„Warum nicht?", fragte ich erstaunt.

„Da ist es sowieso langweilig. Ich will lieber was mit dir machen", antwortete sie und zuckte mit den Schultern.

Das wurde zur Gewohnheit. Immer, wenn etwas anstand, das nur einen von uns betraf, erwogen wir diese Option zweimal und entschieden uns meistens dagegen, weil wir uns gegenseitig in eben jenem Moment wichtiger waren. Das führte allerdings dazu, dass ich mich immer mehr von meiner Familie abkapselte und Joana mich immer weiter zu ihrer zog. Heute bereue ich zutiefst, dass ich die damalige Entwicklung nicht gerechter balancieren konnte und nichts gegen die Einstellung meiner Eltern unternommen habe. Hätten sie Joana und mich als Einheit akzeptiert, hätte ich zu meinen Stieftanten, -Onkels, -Cousins und -Cousinen heute noch Kontakt.

Ich versperrte mich aber nicht gegen Joanas Familie, im Gegenteil. Ihre Mutter kannte ich schon seit der Grundschule und sie hatte mich nach kurzer Zeit als „Sonnenschein" in ihre Kreise gezählt. Es kam sogar vor, dass sie mich verzweifelt anrief, wenn sie und Joana sich gestritten hatten, und mich bat, rüberzukommen und zu schlichten, weil ich oft beide Seiten verstand. Und irgendwann sprach sie zu einem Dritten von ihren „Kindern" und zählte mich dazu.

Die allgemeine Frage danach, ob wir ein Paar waren, stellte sich schleichend auf, aber irgendwann war sie da. Joanas Mutter konfrontierte uns das erste Mal damit.

„Mir ist egal, was ihr seid und was ihr nicht seid", sagte sie, „aber meinen Segen habt ihr."

Wir schmunzelten und wir schwiegen. Aber ich war dankbar für diese offenen Worte. Von ihrer Seite würde mich zumindest keine Katastrophe erwarten, sollte ich in Zukunft irgendetwas Ernsthaftes versuchen.

„Wir *sind* kein Paar", stellte Joana schließlich klar.

Ich nickte nach einer Weile.

Nein, wir waren kein Paar. Wir waren weniger und mehr, weder Liebende noch Freunde, sondern nichts davon und alles zusammen.

„Bezugspersonen", nannte Joana es später, unschön, aber treffend. Unsere Herzen schlugen im selben Takt, auch wenn unsere Seelen zwei völlig verschiedene waren und in verschiedene Richtungen strebten.

Mit meinen Eltern sprach ich nicht darüber. Meine Eltern fragten sich zwar, ob mit mir „irgendwas nicht stimmte", denn so viel Zeit, wie ich mit Joana verbrachte, das konnte „nicht normal" sein. Aber viel eher interessierten sie sich dafür, wann ich endlich mal eine ihrer Ansicht nach für die Zukunft passende Partie mit nach Hause bringen würde. Ich ließ nur ab und an eine vielsagende Floskel über meine sexuelle Orientierung fallen – die sie auch lebhaft interessierte –, oder dass ich, wie ich nach und nach für mich selbst herausfand, keinen Unterschied machte, ob ich Mädchen oder Jungs herzerwärmender fand. Beide Geschlechter haben in meinen Augen anziehende und widerwärtige Seiten und in der Theorie geht es mir um das Gegenüber selbst, nicht darum, welches Geschlecht es hat.

„Das geht vorbei", antwortete meine Mutter stets.

Ich weiß nicht, ob sie es je begriffen hat.

Das Thema des Paar-Seins begleitete mich und Joana seitdem immer öfter. Selbst als wir beide uns einer Band aus der Region anschlossen und mit neun anderen Jungs singend durch das Land tourten. Es war eine großartige Zeit im Kreise großartiger Musiker und abgefuckt intellektueller Leute, mit vielen Konzerten, Feiern und durchzechten Nächten. Die Band, abgesehen von uns, hatte ein dreistöckiges Haus auf dem Land erstanden, lebte und musizierte und nahm Drogen und malte und schrieb und philosophierte dort, und die Türen des Anwesens, das sie liebevoll „Fliegender Holländer" nannten, waren für jeden Gast und Freund offen. Joana und ich verbrachten viel Zeit mit diesem farbenfrohen Pulk. Nach den Bandproben gab es immer ein paar Bier und eine Handvoll erfüllender Gespräche.

Eines Nachts standen wir im Kreis der anderen anwesenden Raucher auf dem geräumigen, sonnenblumen- und tomatenrankenbewachsenen Balkon des „Holländers", dessen Blick bis zum Horizont in Feld und Flur reichte.

„Wie lange seid ihr eigentlich schon zusammen?", fragte der

Drummer plötzlich in die Runde, ein lockenköpfiger Hobbit mit italienischem Einschlag.

Joana und ich wechselten einen Blick.

„Wer? *Wir?*"

„Na, wer denn sonst? Bei allen anderen weiß ich's ja. Ihr seid schon ein süßes Pärchen."

Wir stockten beide in einem Anflug hoch belustigter Irritation.

„Wir sind *gar nicht* zusammen", sagte ich schließlich.

„Wie, ihr seid gar nicht zusammen?" Auch der Hobbit hielt inne und starrte uns lachend an. Er vergaß sogar, von seinem Bier zu trinken.

„Wir sind kein Paar", erläuterte Joana. „Wir sind beste Freunde seit der dritten Klasse."

Der Drummer kicherte aufgelöst. „Alter! *Jeder aus der Band* glaubt das! Alle glauben das!"

„Wieso?"

„Das liegt doch total auf der Hand! Ihr verhaltet euch wie ein Paar!"

Wir sahen uns an und wussten, wovon er sprach. Schließlich verhielten auch unsere Eltern sich bei diesem Thema seltsam. Aber dass plötzlich Leute unseres Alters begannen, in unserem Umgang etwas Unplatonisches zu sehen, war mir neu. Joana flirtete sogar hin und wieder zum Spaß mit den Bandjungs und auch ich schwärmte offen für das eine oder andere Musik- oder Hollywoodsternchen.

„Aber ihr habt etwas miteinander!?", hakte der Drummer nach.

Ich sah zu Joana – sie aber hatte sich dem Gespräch elegant entzogen, indem sie sich in der Runde neben uns eingeklinkt hatte, um das Missverständnis offiziell aus dem Weg zu räumen. Ich blickte zurück zum Drummer und schwieg.

„Gib's zu!"

Ich schüttelte den Kopf. „Nein."

„Kann doch nicht sein! Gar nichts?"

„Nein."

„Ihr habt es euch doch bestimmt schon mal gegenseitig besorgt!"

„Nein."

„Nicht ein einziges Mal?"

Wieder schüttelte ich den Kopf. Und ich hatte, wenn auch nicht ganz, gelogen.

Zugegeben: In der Öffentlichkeit spielte ich zu gern Joanas Freund. Ich machte ihr gern den Hof, ich nahm ihr den Mantel ab, ich bezahlte, wenn wir ausgingen. Wir nannten uns seit Jahren gegenseitig „Schatz". Eigentlich also überhaupt nicht verwunderlich, wenn uns jemand mit einem derartigen Schluss konfrontiert. Ich aber hätte es zunächst mal für angemessen gehalten, zu fragen, woher und wie lange wir uns kannten, oder ob wir Geschwister waren. Diese Idee hatte keiner aus der Band gehabt. Hinzu kam, dass wir stets sagten, wir wären single, wenn wir gefragt wurden. Wenn Joana von mir sprach, sprach sie von „Dex" und nichts sonst.

Vielleicht war die Tatsache irreführend, dass ich mir irgendwann angewöhnt hatte, von Joana als „meiner Freundin" zu sprechen. Ja, der unerfüllte Wunsch nach einer Beziehung mit ihr verleitete mich in erster Linie dazu. Eigentlich aber erklärte ich diese Wortwahl gerne damit, dass ich zwar mittlerweile einige Freunde hatte, aber nur eine beste, nächste, vertrauteste, mit der ich alles teilen konnte. Das brachte ihr dieses gewisse Privileg meiner Bezeichnung.

Und wenn jemand nachhakte: „Deine *Freundin* oder *deine Freundin?*", antwortete ich jedes Mal: „Meine *beste* Freundin." Auch wenn mir dieser Titel mehr als untertrieben erschien.

Aber all das waren Banalitäten, formelle Belanglosigkeiten, um der Welt einen zufriedenstellenden Eindruck zu vermitteln und sie daran zu hindern, weitere Fragen zu stellen. Was Joana und ich in Wirklichkeit waren, konnte man keinem Außenstehenden mit Worten vermitteln. Es hätte ein Licht des Wahnsinns auf uns geworfen, Krankheitszuschreibungen und Sorgen hervorgerufen. Denn jede Erklärung hätte, zum Schutze unserer Privatsphäre, so mager ausfallen müssen, dass die Außenwelt nur eine Handvoll bezeichnender und ihrer eingeschränkten Denkweise nach verurteilender Facetten auf dem Schirm hätte, zu wenig, um die Wahrheit zu erkennen, aber genug, um uns als Geisteskranke abzustempeln.

Mit der Zeit verschlossen wir uns in der Tat immer mehr vor der Außenwelt. Unsere eigene war uns genug. Das bedeutete nicht, dass wir nicht gern etwas mit anderen unternahmen – im Gegenteil, wir beide liebten Home-Partys, Gelage mit Kollegen oder Kommilitonen, das Tanzen in Clubs, Konzerte und Abende in Kneipen. Aber das Zuhause, unser gemeinsames Zuhause, war uns stets das Allerheiligste. Ein Ort, an dem wir sein konnten, wer und wie wir waren, was niemand Drittes je begreifen würde. Und so nahmen die Momente zu, in denen wir mehr Wert darauf legten, unter uns zu sein, statt uns draußen zu zeigen. Kam uns diese Zeit abhanden, wurden wir beide angespannt, lustlos und sahen alle kommenden Unternehmungen als anstrengende Belastung.

Ich erinnere mich gut an den Abend meines 18. Geburtstags. Ich stand mit meinen Liebsten im Wohnzimmer des Professors: Meinen Eltern, Joana und einem Freund, der uns seinerzeit sehr nahe war, ein einsamer Ritter namens Anton Jellen, der sich seit Alters her mit „AJ" abkürzte. Er war ein hochintelligenter und verschrobener Mensch, der vielleicht gerade deshalb eine große Last an Verbitterung mit sich durch die Welt trug. Aber er hat sich früh durch einen Hauch sensibler Intuition ausgezeichnet und ich glaube, er war eine Ausnahme, die Joanas und mein Verhältnis annähernd verstand.

Wir tranken Sekt aus langstieligen Gläsern und der Professor reichte mir lächelnd die Hand zu einem kräftigen Druck.

„Endlich erwachsen!", lachte er. „Jetzt müssen nur noch deine Mutter und ich uns daran gewöhnen."

Seitdem war es, als hätte nicht nur ich, sondern auch der Professor etwas Lebenswichtiges begriffen. Von einem Schlag auf den nächsten hörte er nämlich auf, mich zu bevormunden und zu erziehen, an die Decke zu gehen, wenn ich ein intensiver riechendes Aftershave oder Parfum benutzte und mir meinen Bekanntenkreis aussuchen zu wollen. Er schien zufrieden zu sein mit der Person, die ich geworden war, und ich war überrascht von seiner plötzlichen Lockerheit. Doch seitdem weiß ich, dass ich mich im Zweifelsfall auf ihn verlassen kann.

Am selben Abend fuhren Joana, AJ und ich in die nächstgelegene Stadt, um einen draufzumachen. Bereits gut angeheitert schritten wir zusammen durch die penner- und missionarbewohnte Bahnunterführung und atmeten auf, als wir einen samtblauen Himmel oberhalb einer mittelalterlichen Innenstadt sahen.

„Irgendwie würde ich gern mal hierher ziehen", sagte ich und genoss die Nachtluft, die Gesellschaft und die Zigarette in meiner Hand.

„Gutes Stichwort", sagte meinte AJ und hob den Zeigefinger. Er suchte bereits seit einiger Zeit eine neue Wohnung, nachdem seine Beziehung mit Joanas älterer Schwester trotz gemeinsamen Sohnes gescheitert und sein Gefühlsversuch für Joana unerwidert geblieben war. „Hier sind die Mieten auf jeden Fall billiger. Hör dich rechtzeitig um."

Für mich war „Umziehen" aber ein sehr fernliegendes Wort. Und auch wenn ich des Öfteren Streitereien und Meinungsverschiedenheiten mit meinen Eltern hatte und mich nach *meinen* vier Wänden sehnte, bekam ich bei dem ernsthaften Gedanken daran kalte Füße.

„Zum Studium vielleicht", gab ich zögernd zurück. Wir verschoben das Thema und ich war dankbar dafür.

AJ wurde der erste Mitbewohner in unserer WG in eben jener Stadt, in die wir zum Beginn des Studiums tatsächlich zogen. Er war es, der zum ersten Mal treffend eine Prognose für unsere Zukunft formulierte.

„Ihr solltet wirklich heiraten", sagte er mir eines sonnigen Tages, barfuß auf der einsturzgefährdeten Dachterrasse stehend, auf der er im Sommer seine Wäsche aufzuhängen pflegte und einen

Großteil davon beim Abhängen in das halb offengelegte, gewundene Treppenhaus, das vier Stockwerke in die Tiefe führte, fallenließ. „Zwischen euch passt einfach niemand Drittes."

In der Theorie hielt ich diese gewagte These für diskutierfähig und ich ließ mich darauf ein. In der Praxis wusste ich vermutlich schon damals, dass er recht hatte – zumindest, was meine Einstellung betraf. Mein Herz und mein Verstand gehörten Joana, auch wenn wir das zeitweise nicht wahrhaben wollten.

Nach einigen Jahren zog AJ wieder aus. Er begann sein Jurastudium in der Stadt des Professors und wollte unabhängiger sein, außerdem mehr Zeit mit seinem Sohn verbringen. Damit waren Joana und ich wieder auf uns gestellt, ohne eine zuverlässige, neutrale Instanz – und endlich für uns allein.

5:

Beziehungen

(Elias & Marian)

Obwohl einige Grundsätze für mich in Stein gemeißelt waren, bedeutete das nicht, dass Joana und ich uns nie eine Beziehung mit anderen wünschten. Wir träumten von anderen Menschen und hatten auch die eine oder andere Beziehung. In der Tat waren die Schäkereien, die wir im Teenageralter durchmachten, harmlos. Und auch wenn mich ihr Verhalten gegenüber Jungs schon immer störte, maß ich nichts davon eine große Bedeutung zu. Für Flirts war sie meistens nur zu haben, wenn sie angetrunken war und dann gab sie sich, meiner Meinung nach, immer viel zu schnell unter ihrer Würde her. Doch das war egal, denn ich wusste, irgendwann wäre auch dieser Flirt, auch dieses Verhältnis wieder vorbei und sie würde zu mir zurückkehren. Ich würde wieder die Person sein, mit der sie nach Hause ginge. Ich würde wieder der Mensch sein, mit dem sie alles teilte, dem sie alles erzählte und in der Regel war das nach einer relativ kurzen Zeit auch wieder der Fall.

Joana war in diesen sich ab und an wiederholenden Phasen, in denen sie die fixe Idee einer Schwärmerei für jemanden hatte, so beflügelt, dass sie mir nahelegte, doch ebenfalls da rauszugehen und Erfahrungen zu sammeln. Am liebsten hatte sie mich natürlich bei sich und stellte mir ihre jeweiligen Partien vor – „Ich muss dir nachher doch sowieso alles erzählen." –, doch genauso gern hielt sie aber auch für mich die Augen offen.

Und ich war nicht abgeneigt. Ich war bereit, so lange zu warten, wie Joanas finale Antwort an mich auf sich warten ließ, so lange selbst ihren Vorschlägen gegenüber aufgeschlossen zu sein.

Und in jenen Zeiten ihrer von anderen Menschen ausgelösten Euphorien hielt ich es, wenn auch am Anfang noch zweifelnd und widerwillig, für absolut nicht verkehrt, ebenfalls Erfahrungen mit anderen Menschen zu sammeln.

Im Grunde war ich selbst einer alternativen Beziehung nicht einmal verschlossen. In jüngeren Jahren hatte ich nämlich noch die naive Hoffnung, dass es auf der Welt jeweils Gegenparts für uns gäbe, die perfekt zu uns passenden Personen, die uns in vollem Umfang entsprächen und die uns, mit sich, aber auch gleichzeitig miteinander, akzeptieren würden.

In meinen Gedanken, die ich schon immer am liebsten zu Papier brachte, entwickelten sich Skizzen und chaotische Entwürfe zu der optimalen Personenkonstellation für unser persönliches kleines Drama.

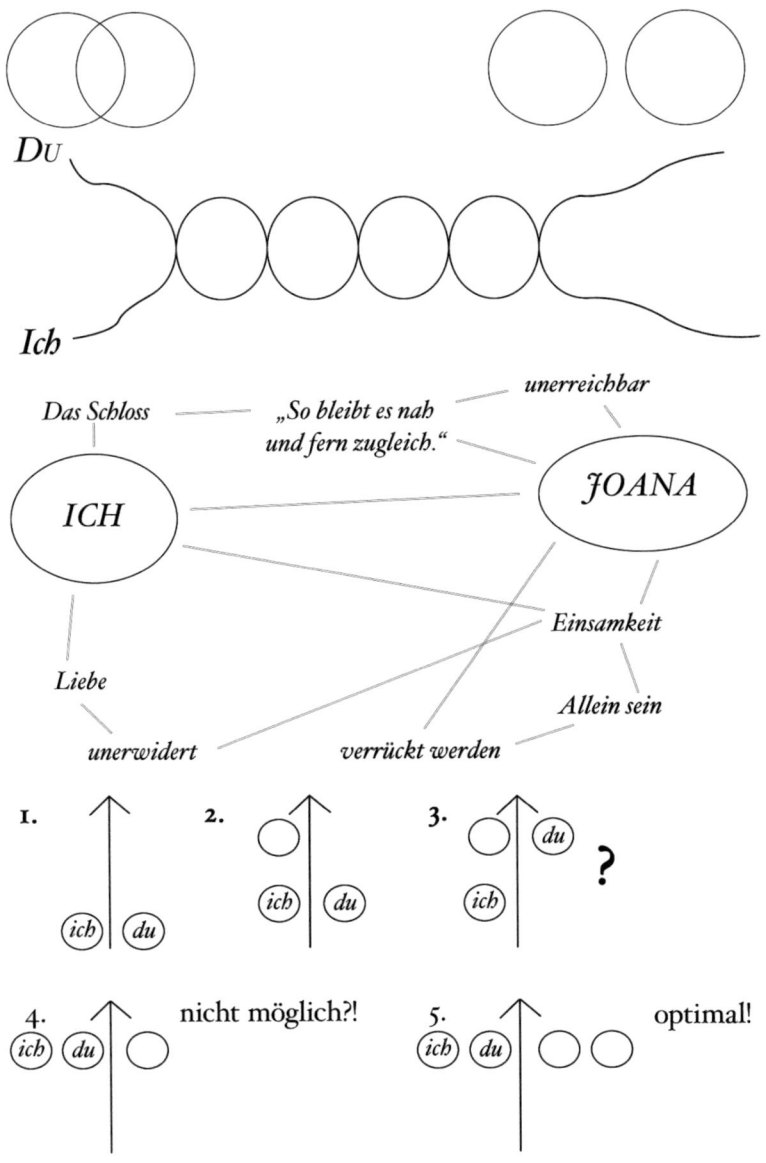

Wir gingen Hand in Hand in die Stadt und sahen uns – jeder für sich und auch füreinander – nach angenehmen Kandidaten um. Aber bereits als wir uns der großen Kreuzung näherten, die das Tor zur Innenstadt symbolisierte, entzog mir Joana meist ihre Hand.

„Wir wollen doch keine falschen Zeichen setzen."

An einem solchen Abend geschah etwas, das unser Leben für immer verändern würde. Aber noch war es nicht so weit, ich wusste nichts davon und war einverstanden.

Joana träumte schon früh davon, sich in einen Mann zu verlieben, der ihren Ansprüchen vollends entsprach. Er musste eigenständig sein, selbstbewusst und respektiert, gutaussehend und am besten davon wissen, also ruhig ein wenig arrogant. Er sollte galant und in richtigen Maßen romantisch sein, aber auch frech, mutig und unberechenbar und ihr dabei so viel Freiheit und Luft lassen, wie sie brauchte. Man sieht schnell, dass ich diesen Kriterien kaum entsprach und ebenso, dass sie meine Gefühle zu dieser Zeit nicht erwiderte. Wir hatten nicht mehr darüber gesprochen und ich denke, zeitweise hatte sie es auch vergessen. Ich kam damit zurecht: Ich wusste, dass mir ihre Freundschaft und ihre Vertrautheit sicher waren wie keinem anderen, und in schwierigen Momenten versuchte ich, mir dieses Wissen immer wieder rational in Erinnerung zu rufen.

Meine erste und einzige Beziehung hatte ich mit 16. Es entwickelte sich während einer Klassenfahrt nach Griechenland, ich investierte gewisse Mühe und ich kam an einen Schwarm aus der Parallelklasse. Aber diese Sache, so angenehm und interessant sie war, währte keine zwei Monate und beinhaltete kein einziges richtiges Date. Ich hatte früh gemerkt, dass es für mich nicht mehr war als bloße Spielerei, um mich vom Wesentlichen abzulenken, und ich zögerte nicht lang und machte Schluss. Es war ein kleines Drama, kein Großes. Wir verblieben relativ kameradschaftlich, und wenn wir uns heute auf der Straße begegnen, grüßen wir uns mit einem Nicken und einem paar unverbindlicher Worte.

Auch Joanas erwähnenswerte Beziehungen hielten sich in Grenzen. Nach einer Weile beendete sie immer alle, weil sie irgendetwas störte. Meist wurden ihr die Kerle zu schnell zu aufdringlich – oder zu leichtsinnig, sodass sie aufhörte, sie als würdiges Gegenüber ernst zu nehmen. Und nicht zu einem gerade geringen Teil waren da noch die Diskussionen mit mir.

So sehr ich mich bemühte, neutral zu sein, so sehr wollte ich doch, dass Joana in ihren Beziehungen gute Erfahrungen machte und keine, die sie im Nachhinein bereuen würde. Aber so selbstlos, wie es klingt, waren meine Gedanken natürlich nur zum Teil. Ich war besitzergreifend, kritisch und eifersüchtig, weil mir die Praxis endlich zeigte, dass mein harmonischer Vorsatz nur mit einer großen Portion Selbstaufgabe einherging, die aufzubringen ich noch nicht bereit war. Ich hatte mir doch geschworen, auf Joana zu warten. Aber jedes Mal, wenn ich mein ideales Lebensszenario von irgendwas bedroht sah, wusste ich, dass ich auch um sie kämpfen musste.

Ich hätte es mir leicht machen können und auf mein Wissen pochen, dass sie, sollte ich es einfordern, jeden für mich verlassen würde. Das hatte sie mir irgendwann gesagt, als ein blonder Geiger ihre Aufmerksamkeit und mehr von ihrem Gefühl, als gesund für sie war, ihr abverlangte.

„Wenn es darum ginge, er oder du ... Es ist keine Frage, wie ich mich entscheiden würde, Dex. Du bist wichtiger. Freunde sind wichtiger."

Aber ich riet ihr jedes Mal wieder, es zu versuchen, wenn sie in einer Beziehung strauchelte. Ich glaubte, mich nach einer gewissen sozialen Unabhängigkeit zu sehnen, wenn ich schon das Mädchen nicht haben konnte. Ich wollte häufig für mich sein, um zu grübeln, und glaubte, dass ich so herausfinden würde, wer ICH eigentlich war.

Dass ich ihr zu ihrem Glück riet, weil ich sie liebte, wurde mir erst viele Jahre später bewusst, denn so sehr ich mich in jener Zeit zu individualisieren versuchte, scheiterte ich.

Tief im Inneren wusste ich, dass ich immer eine Hälfte eines verstörten Ganzen bleiben würde.

Joana und ich kannten die Stadt, in der wir aufgewachsen waren, irgendwann so gut, dass wir den Gedanken an einen würdigen Gegenpart nach und nach aufgaben, zumindest, was diesen provinziellen Ort betraf. Wir wussten, es musste mehr für uns geben in der weiten Welt. Aber sie war uns als Student und Schulabgänger mit nicht vorhandenen Mitteln noch nicht greifbar. Es war aber auch nicht mehr so, dass wir uns aktiv um etwas Ernsthaftes bemühten. Wie auch vorher schon waren wir uns selbst genug, wir verbrachten unsere Freizeit oft zu Hause und hauptsächlich miteinander. Und das war die Zeit, in der wir Elias und Marian kennenlernten.

Elias entstand zuerst. Er war ein junger, abgerissener Kerl mit blondem Haar und psychotisch dreinblickenden, hellblauen Augen, mit einer Vorliebe für Playboy-Heftchen und der Affinität, jedes bestehende Verbot aus Prinzip zu brechen. Er war ein Mensch, der seinen Wahnsinn offen zur Schau trug, der aber wiederum so subtil war, dass niemand es schaffte, ihn mit Recht in eine geschlossene Anstalt zu sperren – nein, in dieser verdiente er sogar sein täglich Brot, indem er Flure wischte. Elias besaß eine kurze Zündschnur, schreckte nicht vor Gewalt zurück und bereute es oft im Nachhinein. Außerdem hatte er einen stark ausgeprägten Gerechtigkeitssinn, schonungslose Ehrlichkeit im hitzigen, unbedachten Wort und halsbrecherischen Mut, wenn irgendetwas verletzt wurde, das ihm wichtig war. Er war ich, und ich war er.

Es gefiel mir, diese Rolle spazieren zu tragen und ich glaube, langfristig gesehen prägte sie mich, wie keine andere. Ich nahm Elias dankbar an, als er uns in den Sinn kam, und auch wenn ich eine Weile brauchte, um mich in ihn einzufühlen, war er für mich geschaffen, denn mit ihm konnte ich alles wagen, was ich normalerweise niemals wagen würde: Leuten offen die Meinung zu sagen, sich selbst von Geheimnissen zu befreien oder

Blickkontakt zu Fremden zu suchen, dann, wenn ich es für richtig hielt und die Augen nicht in Scham abzuwenden, wenn sie zurückschauten. Je häufiger ich Elias spielte, umso mehr Tiefe und Leben bekam er, umso realer und stärker wurde er und umso mehr stärkte er mich. Und ich wusste, dass er Joana gefiel.

Ich beschäftigte mich viel mit Elias. Ich schrieb Geschichten und Gedichte über ihn, um ihn zu verinnerlichen, ich prüfte seine Wortwahl, übte seine Haltung und seine Gestik. Ich änderte meinen Kleidungsstil weitgehend in die Richtung, die ihm meiner Meinung nach gefallen würde. Und irgendwann, nicht lange nach seiner Geburt, aber nach ein-zwei durchgestandenen Abenteuern, traf er auf Marian.

Im Gegensatz zu Elias' banaler Geradlinigkeit und seiner Offenheit für Welt und Mensch war Marian ein geschlossenes Buch voller romantisierter Ideen. Sah man sie, war man nicht sicher, ob man nicht einen Geist sah, denn sie war dünn, blass, wunderschön und unglücklich. Sie kämpfte auf ihre eigene, stille Art mit der Welt des Realen, indem sie sie ausschloss und mehr Bezug zu Shakespeare und ihren Träumen hatte. Sie war eine sehnsüchtige, einsame Figur mit einer innerlich traurigen Existenz, aus der sie nur jemand befreien konnte, der auf weltliche Belange genauso wenig gab wie sie.

Elias traf Marian in einer Bar, die Joana und ich oft besuchten. Er reichte ihr das Feuer zu einer ersehnten Zigarette. Aber noch ehe er den Kontakt zu ihr gesucht hatte, wusste er, dass sie das Schönste war, was bisher seinen Weg gekreuzt hatte.

Ich glaube, er sagte es ihr auch, in einem der ersten Sätze, was auf sie ziemlich plump wirken musste. Aber seine innere Stimme hatte ihm streng verboten, darüber zu schweigen, und nachdem ihre Starre vergangen war, fand sie seine Gegenwart erfrischend. Marian irrte sich selten in etwas, das ihre Welt betraf. Und in ihrer Welt war Elias' Erscheinung die Hand, die sich in den Brunnen nach ihr streckte, um sie aus der Abgeschiedenheit ihrer Märchengedanken in ein neues Märchen zu entführen.

Sie wusste es so sicher, wie sie den allmorgendlichen Sonnenaufgang kannte, und auch wenn Elias es beim ersten Versuch niemals so formuliert hätte, wusste er wiederum, dass ihn nichts mehr so erfüllen würde, wie Marian zu retten.

Diese Beziehung war die romantischste, vollständigste und aufregendste Beziehung in unserem Leben, und das Beste war, dass Joana und ich sie handhaben konnten, wie jedes bisherige Szenario unserer gewesenen und verflossenen Identitäten. Und nach einer Weile hatten Marian und Elias alles andere verdrängt und waren die Hauptdarsteller unserer Geschichten geworden. Wenn Alltag eingekehrt war, löschten wir ihre Erinnerungen und begannen erneut. Wir statteten sie mit neuen, immer komplexeren Hintergrundgeschichten aus. Mal prägten wir besonders Marians Kränklichkeit, mal Elias' Cholerik. Wir dichteten ihnen gewisse vorhergegangene und aktuelle Lebenspartner hinzu, um die Sache spannender zu machen. Und sie wehrten sich nicht, sondern waren meist gefügig und erfüllten unsere Pläne.

Wenn ich Joana küsste, küsste Elias Marian. Wenn ich mit ihr schlief, schlief er mit ihr. Oft, nach durchzechter Nacht, gingen sie zusammen nach Hause und trennten sich eine lange Zeit nicht mehr. Sah man das Szenario der beiden realistisch, war es unwahrscheinlich, wie viel Zeit sie miteinander verbrachten – aber eben das sagte man Joana und mir schließlich auch nach. Das Einzige, was sie von uns unterschied, war, dass Elias und Marian füreinander bestimmt waren – und wir waren es nicht.

Trotzdem war diese Zeit für mich eine Zeit des Triumphs. Auch wenn ich die so lang ersehnte Antwort noch immer nicht bekommen hatte, hatte Joana sie mir doch mit Marians Worten gegeben. Die Rationalität schob ich ganz weit nach hinten, denn ich konnte und wollte sie nicht gebrauchen. Unsere Fragen, Probleme, Streits, sie waren dann aus der Welt, wenn Marian und Elias uns einnahmen. Und mit ihrer Hilfe konnten wir endlich das Leben leben, von dem ich immer geträumt hatte. Wir konnten uns jedes Mal neu kennenlernen.

Wir spürten die bewegendsten Dinge wie Zorn, Hass, Aufregung, Verwirrung, Depression, Manie und natürlich Liebe, ohne dass die Umstände, die uns in diese Gefühle versetzten, irgendeinen Einfluss auf die Realität gehabt hätten. Wir waren zärtlich zueinander, wir hatten berauschende lange Nächte und danach herzerwärmenden Frieden. Wir kosteten davon, wie es sein konnte, würden wir jemals Gegenparts nach unseren Vorstellungen finden. Abgesehen davon, dass wir zusammenlebten, fuhren wir zusammen in den Urlaub, tanzten miteinander und hielten uns selbst in der Öffentlichkeit manchmal an den Händen.

Es tat unsäglich gut zu sehen, dass ich in Elias' Gestalt Joana gut tat. Auch wenn uns klar war, dass das, was wir machten, „nur ein Spiel" war, fühlte sie sich in meinen Armen aufgehoben. Sie suchte meine Nähe und vermisste mich, wenn wir nächtelang getrennt waren und nicht in einem Bett schliefen.

Ich gewöhnte mich auch sehr an das Leben mit Marian. Selbst wenn ich hin und wieder etwas Zeit haben wollte, um meinen Belangen nachzugehen, musste ich wissen, was sie tat, wie sie sich fühlte und ob sie an mich dachte. Waren wir eine Weile getrennt, wenn ich beispielsweise meine Großeltern besuchte, schrieben wir uns SMS bis spät in die Nacht und Briefe, bücherweise Briefe. Ich dachte nicht daran, dass Elias und Marian irgendwann sterben oder aus unserem Leben verschwinden würden, weil sie unser bestgehütetes Geheimnis waren und ihnen niemand etwas antun konnte. Alles, was sie – oder wir durch sie – erlebten, blieb unter uns.

„Ich frage mich, ob wir damit aufhören, wenn einer von uns jemanden kennenlernt", sagte Joana irgendwann.

„Ja, bestimmt", antwortete ich, unerwartet tapfer. „Dann haben wir bestimmt andere Sorgen. Aber noch ist es ja nicht so weit."

„Zählt das dann eigentlich als Betrug?", überlegte sie laut. „Ich meine, viele sehen das locker, mit den besten Freunden zu schlafen, für sie ist das ja etwas anderes?"

Betrug für wen?, fragte ich mich, aber ich sagte: „Damit muss derjenige dann eben klarkommen. Abgesehen davon, dass er vermutlich sowieso nichts davon erfährt."

Joana stimmte mir lachend zu. „Bloß nicht. Oh Gott, bloß nicht. Die würden uns für verrückt halten."

Ich zuckte mit den Schultern und drückte meine Zigarette aus. „Seit wann interessiert uns das?"

„Hast eigentlich recht. Aber ... nein. Nein. Als verrückt gelten – das ist eines. Und *das*" – sie zeigte zwischen uns beiden hin und her – „ist etwas anderes."

Ich nickte. „Es ist mir auch lieber so."

„Also bleibt es unter uns."

„Es sei denn, einer von uns stirbt."

„Auch dann. Aber wenn einer von uns stirbt ... lass uns uns etwas versprechen."

Ich sah auf und beugte mich zu ihr vor, wie sie es tat.

„Wenn einer von uns stirbt", fuhr Joana langsam fort, mit einem Lächeln, „dann muss der andere, der bleibt, ein Buch schreiben, über uns. Und der Welt erzählen, was für eine außergewöhnliche Freundschaft wir hatten. Als Hommage an den anderen. Als Erinnerung."

Ich zögerte einen Augenblick, bevor ich ihre Hand nahm.

„Also gut. Dann schreibt der andere ein Buch. Aber du stirbst nicht. Und ich auch nicht. Nicht so bald."

Sie schloss ihre Finger, das Versprechen besiegelnd, um meine. „Das kann ganz schnell gehen."

„Tut es aber nicht. Versprochen?"

Sie nickte. „Ja, soweit ich kann. Versprich du es aber auch."

Ich gab ihr mein Wort und küsste sie.

Und doch machte ich mir Gedanken. Selbst wenn wir oder unsere Freundschaft irgendwann nicht mehr wären und der Überlebende sein Versprechen erfüllte, was würden dann unsere Angehörigen von uns denken? Wie anders würden sie uns sehen? Wie verstört, hintergangen und enttäuscht würden sie sich fühlen? Vielleicht würden manche ihre Augen endlich öffnen und sehen, dass es mehr gab als die Standards, mit denen sie aufgewachsen waren. Vielleicht würden sie die Außergewöhnlichkeit dessen, was wir erlebt hatten, verstehen und im Nachhinein erkennen, was an ihnen vorbeigegangen war und wie schön es war. Das konnte ich zumindest Joanas weltoffener, neudenkender Familie durchaus zutrauen. Je mehr ich aber an mich dachte, umso weiter rückte diese Vorstellung fort, von dem Professor zu meiner Mutter und den Freunden, Bekannten und Verwandten, die ich drüben zurückgelassen hatte, und zuletzt zu meinen Großeltern. Das Entsetzen würde nur wachsen und ich begann mich zu fragen, warum.

6:

Die Hauptstadt des Nordens

Es ist ein bekanntes Bild und jeder hat es im Laufe seines Lebens sicher schon mal gesehen: eine Straßenlaterne in sich herabgesenkter Dunkelheit. Es regnet leicht und der durchsichtige Teppich aus Tropfen vor dem so warm aussehenden, gelben Licht lässt den Betrachter zweifeln, ob es sich bei ihnen nicht um die ersten Schneeflocken handelt. Und selbst wenn dieses Bild ein einsamer Vorbote eines nahenden Winters ist, erweckt es eine unvergleichliche Behaglichkeit, denn man selbst sitzt im Warmen und blickt hinaus durch die schützende Scheibe des Fensters.

Bei mir erweckt der Gedanke an dieses Bild ein Gefühl von Heimat. Ich habe sieben Winter in der Hauptstadt des Nordens erlebt. Sie zeichnet sich durch harte, unwirtliche Temperaturen und Wochen anhaltenden Frost aus, der es für den Großteil der Bevölkerung, egal wie fortschrittlich oder arm, legitim macht, Pelze zu tragen. Hat man sich nicht durch eine Flucht in ein südlicheres Klima einen sommerlichen Teint besorgt, bleibt man blass und verkrampft, wenn man durch meterhohen Schnee stapft, der einem in Windeseile die hohen Stiefel füllt. Die Luft beißt einem in die rotgewordenen Wangen. Tötend und streng liegt der Winter mit seiner glitzernden Dominanz und Dunkelheit auf grauen Häuserblöcken und vereisten Flüssen und Seen.

Ich weiß nicht, inwiefern der Klimawandel dieses schwarzromantisierte Bild bereits umgekrempelt hat, aber so habe ich die Hauptstadt des Nordens in kindlicher Erinnerung. Da sie viele Jahre über so war, ist es fast anzunehmen, dass das harte Leben und die undurchsichtigen Bedingungen mit den Generationen auf die Gemüter der Bevölkerung abgefärbt haben. Ein Passant, der mir auf einem breiten, von drohenden und tristen

Wohnungsklötzen der 70er Jahre gesäumten Boulevard im feuchten und sonnigen Sommer begegnet, kann sich kaum ein Lächeln abringen.

Möchte man, aus schlichtem sozialen Interesse heraus, einen Passanten ein paar Dinge fragen, werden nur wenige stehenbleiben und ihre wertvolle Zeit einem Fremden widmen, geschweige denn ein geduldiges Ohr. Wobei das eher die hart arbeitende Generation meiner Eltern betrifft und viele ältere Leute, die mit zunehmender Sturheit misstrauischer gegenüber den Interessen der Jugend geworden sind. Geselliger sind dabei die Leute meiner Generation, die man im Stadtzentrum bummeln oder in kleinen Trauben durch die U-Bahn-Unterführungen eilen sieht – selten allein –, mit wachen Augen und einem gegenwärtigen Geist.

Stichprobenartig habe ich ein paar Leuten verschiedener Generationen eine Reihe von Fragen gestellt. Dabei waren einige in der Hauptstadt des Nordens ansässig, stammten von dort oder aus einer Gegend ähnlicher Mentalität. Die meisten verließen mich wieder kommentarlos. Einige baten darum, dass ich ihnen die Fragen zuschicke, sodass sie sich Gedanken machen konnten, und meldeten sich nie wieder. Zwei der Befragten stammten aus der Generation meiner Großeltern. Sie antworteten schriftlich, dass sie enttäuscht darüber seien, womit meine Generation sich beschäftige und sie sich weigerten, zu meinen Fragen Stellung zu nehmen, weil sie ihnen prinzipiell negativ entgegensähen. Ich finde auch darin eine gültige Antwort.

Außer ihnen meldeten sich circa 160 Leute meiner Generation und genauso viele aus der Alterskategorie meiner Eltern.

56 % aller Befragten haben eigene Kinder.

12,5 % aller Befragten gaben meine Fragen an ihre Kinder weiter.

Die, die es nicht taten, äußerten sich nicht dazu und wenn doch, gaben sie folgende Gründe an:

– Er/sie hat keine Zeit/Lust.

– Er/sie reagiert seltsam auf solche Themen.

Ich kam nicht umhin, mich vor einer anfänglichen Verweigerungshaltung wiederzufinden und fragte mich, ob meine Fragen so gefährlich waren, dass ein Elternteil aktiv beschloss, seine Kinder davon fernzuhalten, oder so spezifisch, dass es ein Problem darstellte, die eigenen Kinder damit zu konfrontieren.

31 % aller Befragten sind Fans von Fantasy und Science-Fiction, zwei Genres, deren Merkmal es ist, den Rezipienten möglichst weit von Alltag und Realität fortzuholen und die eigene Fantasie um parallele Was-Wäre-Wenn?-Szenarien zu bemühen.
44 % befinden sich in festen Händen.
19 % von ihnen sind auch glücklich damit.

Auf die Bitte, die Begriffe „Mann" und „Frau" mit drei Worten spontan zu charakterisieren, kristallisieren sich drei Tendenzen heraus:
56 % trennen die Assoziationen zu Mann und Frau in das Verhältnis passiv/aktiv in dem Sinne, dass die Attribute für die Frauen einen in sich ruhenden und die für die Männer einen vorwärtsstrebenden Eindruck erwecken. „Frau" wurde mit Attributen wie Fürsorge, Zärtlichkeit und Schönheit und „Mann" mit Attributen wie Tapferkeit, Stärke und Durchhaltevermögen versehen.
19 % erklären den Unterschied rein wissenschaftlich, etwa mit den Assoziationen. „homo sapiens male/female" oder „Mensch, Persönlichkeit, Testosteron/Östrogen".
12,5 % geben an, Schwierigkeiten zu haben, einen Unterschied knapp zu formulieren und belassen es dabei.
62,5 % der Befragten meinen, in ihrer Umgebung herrsche keine Gleichberechtigung der Geschlechter. Diejenigen mit einer Meinung dazu versuchen, diese Ungleichheit mit dem Argument zu legitimieren, dass eine solche Gleichberechtigung gar nicht so sinnvoll sei, weil beide Geschlechter unterschiedliche Funktionen erfüllen.

Der Begriff der Emanzipation ist ihnen aber vertraut. Hier ist das Verhältnis halbwegs ausgewogen:

25 % schlagen sich in dieser Frage auf die Seite dessen, was sie unter „Frau" verstehen.

25 % stellen zunächst in Frage, um welchen Bereich es geht, und stellen sich auf die Seite der Benachteiligten.

19 % wollen gar keine bestimmte Seite wählen, sondern unterstützen beide in Maßen.

12,5 % sehen Emanzipation als unnötig, da es ihrer Meinung nach keinen Unterschied in der Behandlung der Individuen geben sollte.

12,5 % schlagen sich auf die Seite des Mannes.

100 % der Befragten nennen ihre sexuelle Orientierung „traditionell", „klassisch" oder „gewöhnlich" und meinen damit die Heterosexualität.

12,5 % von ihnen machen sich erst mal Gedanken, bevor sie diese Bezeichnung wählen.

31 % der Befragten zeigen sich interessiert und verständnisvoll gegenüber „unklassischen", beispielsweise gleichgeschlechtlichen, Partnerschaften.

19 % haben oder hatten noch kein Interesse, sich über dergleichen Gedanken zu machen.

19 % sehen in einer nichtklassischen Partnerschaft gewisse Problematiken.

25 % sind von der Idee und der Vorstellung angewidert.

19 % geben an, keine Bekannte mit derartigen Überzeugungen zu haben.

56 % aller Befragten haben einen bis fünf Bekannte, die eine nichtklassische Partnerschaft führen oder weniger verbreiteten Ideen eines Zusammenseins nicht abgeneigt sind.

12,5 % haben sogar mehr als fünf Bekannte, von denen sie es wissen, aber niemand hat mehr als 10.

Diese Verhältnisse legen die Frage nahe, ob die Befragten jemals in die Situation kamen, das Thema nichtklassischer Partnerschaften in Kreisen der Generation ihrer Eltern zu diskutieren:
50 % antworten mit „Nein".
19 % schnitten das Thema knapp an.
19 % hegten oder hegen regen Austausch mit ihren Eltern und älteren Bekannten.

Dabei hört man häufig von den Befragten, dass jegliche nichtklassische Beziehung in der Generation ihrer Eltern sorgsam vertuscht werden muss. Generell stellt sich der Eindruck ein, dass je weiter die Generation zurückliegt, mit der das Gespräch gesucht wird, umso negativer die Reaktionen werden.

Eine Befragte sagt über die Altersklasse ihrer Eltern: „Sie fürchten [dieses Thema] wie Feuer. Sie sind hoffnungslos eingerostet in dieser Beziehung."

Leute meiner Generation antworten hauptsächlich mit „Nein", sie sprächen nicht mit ihrer Familie darüber oder diese hielte sich bei ihren Antworten knapp oder es werde der eine oder andere unernste Seitenhieb ausgeteilt.

Gräbt man tiefer und hakt nach, ob dem Gegenüber das Phänomen der Teenager-Homosexualität bekannt sei, zeigen sich folgende Ergebnisse:
50 % antworten mit „Ja".
37,5 % antworten mit „Nein".
19 % geben sogar an, eine solche Phase erlebt zu haben.
69 % können sich dies nicht vorstellen.

Meine Generation beschäftigt sich kaum mit der homosexuellen Phase eines Heranwachsenden. Sie hält das Phänomen für Unentschlossenheit und nicht für ein Indiz auf ein grundlegend andersartiges Denken.

19 % der Befragten aus der Altersklasse meiner Eltern ist das Thema nicht unvertraut.

Der Ausbruch aus dem klassischen Mann-Frau-Gefüge lässt nun ie Frage nach dem offen, als welchen Teil der Gesellschaft die Befragten einzelne Individuen ansehen, die den herkömmlichen Formen sichtbar trotzen.

38 % zeigen sich angewidert oder verständnislos, wenn sie aufgefordert werden, an den Begriff *Trans** zu denken.

31 % nehmen diese Vorstellung als gegeben hin und werten nicht.

19 % schwanken und erkennen eine Problematik in diesem Phänomen. Sie geben zu, dass das imaginierte, „verwandelte" Gegenüber für sie rätselhaft und facettenreich ist.

Klar jedoch zeigt sich eine distanzierte Tendenz gegenüber einem real sicht- und fassbaren Schritt außerhalb der Grenzen dessen, was bisher als biologisch gegeben und deshalb unveränderlich schien.

„Für mich sind das Menschen", versucht eine Befragte meiner Generation zu formulieren, „die sich als Mensch des gegenteiligen Geschlechts empfinden und versuchen, das eigene Aussehen maximal an dieses Empfinden anzunähern. Für mich selbst aber ist es ziemlich schwer vorstellbar, wie sich ein solcher Mensch fühlt, und auch all seine inneren, widersprüchlichen Regungen und Komplikationen."

Wo aber die generelle Empathie fehlt, betrachtet man das Phänomen unter einem künstlerischen Aspekt.

„Wenn man es mit Geschmack tut, warum nicht?", erklärt ein anderer Befragter. „Warum nicht sich selbst in ein Kunstwerk verwandeln? Solange Selbstdarstellung nicht zu Geschmacklosigkeit wird, ist es doch in Ordnung."

Anderweitig assoziiert man das Bild einer Trans*-Person mit Unglück, einem harten Schicksal und verdientem Mitleid.

Individuen meiner Elterngeneration suchen in erster Linie nach der Sinnhaftigkeit einer solchen Verwandlung und finden sie nicht. Die meisten begegnen dem Phänomen unernst und legen Wert auf andere Merkmale im Gegenüber, als das wandelbare

Äußere. Einige ekeln sich ausgesprochen davor.

Interessant zu sehen ist, dass die wenigsten von sich aus auf die Idee kommen, im Bild einer Trans*-Person eine Metamorphose zu finden. Stattdessen beziehen sich die Assoziationen auf den offensichtlichsten Aspekt, nämlich auf „verkehrte" Sexualität.

Es ist also ein Schritt zurückzutreten von dem einzelnen Individuum, um, nach hoffentlich gedankenanregender Gesprächsentwicklung, noch einen Blick auf das kulturelle und soziale Umfeld der Befragten zu werfen.

56 % sind sich bewusst, dass alternative Orientierungen oder Lebenskonzepte in ihrer Umgebung ungerecht behandelt werden würden.

25 % schätzen den Umgang damit als „in Ordnung" ein.

0 % befinden ihn als „gut".

Meine Generation rechtfertigt dieses Verhältnis mit der Angst vor dem Unbekannten, dem Unnatürlichen, dem was „nicht von Gott" stammt, die sie ihrer Elterngeneration anhängen. Die wenigsten von ihnen geben zu, „keine Ahnung" zu haben. Generell scheinen sie sich der gesellschaftlichen Missstände bewusst.

Die Generation meiner Eltern indes konkretisiert diesen Vorwurf der Ängstlichkeit und sagt, dass die Leute in ihrer Umgebung sich tatsächlich wenig mit Themen befassen, die über das Maß gesellschaftlicher Standards hinausgingen. Sie aber näherten sich immer mehr an mit vorsichtiger Toleranz, die ihnen nicht von ihren Eltern beigebracht wurde.

Zuletzt habe ich die Befragten gebeten, ihrer Fantasie freien Lauf zu lassen und zu schildern, was sie an sich selbst verändern würden, hätten sie die Möglichkeit dazu. Sie wurden zum Beispiel aufgefordert, sich vorzustellen, dass ein neues Institut für moderne, plastische Chirurgie ihnen Leistungen aller Art schenkt.

50 % würden diese Leistungen zur Aufbesserung ihrer eigenen Optik nutzen, beispielsweise für eine Hautstraffung oder Korrektur der Nase.

37,5 % würden die Leistungen gar nicht nutzen, aus Zufriedenheit mit sich selbst.

6 % kommen auf die Idee, die Leistungen zu verschenken oder an tatsächlich Bedürftige zu spenden.

Es fällt auf, dass meine Generation in diesem Punkt über ein ziemlich gesundes Selbstbewusstsein verfügt. Sie verlässt sich hauptsächlich auf die Natur. Sie strebt höchstens nach längerer Jugend (= Lebensverlängerung), um im Leben mehr zu schaffen.

Die Generation meiner Eltern hat entweder absolut keinen Bedarf an optischen Veränderungen oder möchte sie zur Aufpolierung ihrer Gesichtspartie nutzen. Niemand lehnt sich weiter aus dem Fenster als das. Vielleicht hängt das mit folgenden Punkten zusammen:

44 % der Befragten wollen niemand anderes sein – selbst wenn sie märchenhafte Möglichkeiten dazu hätten.

31 % geben aber an, dass sie gerne einmal in den Körper eines Vertreters des entgegengesetzten Geschlechts schlüpfen würden.

12,5 % würden sich liebend gern in jemand anderen verwandeln, ob in einen Delphin, in David Bowie oder den Präsidenten der Vereinigten Staaten.

Bei diesen Gedankenspielen zeigen ein paar Vertreter meiner Generation eine spielerische Neugier. Sie interessieren sich lebhaft für andere Lebensbereiche, Berufe und Umfelder. Allerdings bleiben sie bei alledem zufrieden mit sich selbst und verspüren keinen merklichen Bedarf an fremden Rollen und Identitäten.

Die Generation meiner Eltern sehnt sich nach der Jugend – wahrscheinlich nach ihrer eigenen. „[Ich würde mich gerne] in mich [verwandeln]", berichtet eine Befragte, „nur deutlich klüger, jünger und frei von natürlichen Unannehmlichkeiten." Aber auch sie scheinen sich im Großen und Ganzen mit sich selbst zufriedenzugeben und halten am Leben fest, wie es ist.

So positiv, wie meine Befragung ausklingt, sehe ich, einige Wochen darüber nachgedacht, aber auch einen gewissen

Fatalismus in dem Bild, das meine Gesprächspartner mir von ihrer Lebenssituation zeichnen. Man versperrt sich nicht gegen alternative Ideen und Anstöße, behandelt sie aber wie etwas Unnötiges, weil man sie für realitätsfern und unumsetzbar hält.

Ein Passant auf dem 70er-Jahre-Klotz-gesäumten Boulevard hat mir ein Lächeln geschenkt und ich habe mich gefreut. Seine Worte und Ansichten jedoch scheinen mit dem ewigen Winter auf den Straßen und auf den Häusern der Hauptstadt des Nordens festgefroren zu sein.

7:

Marco

Es gibt Menschen, die ihren Weg, ob bewusst oder unbewusst, in den eigenen drängen. Geht man durch die Stadt, die Augen trüb geworden von der entgegenkommenden Flut farbloser Statisten, springen sie einem in den Blick und ihre alleinige Erscheinung beschäftigt einen, weil sie durch irgendwas hervorsticht. Sieht man sie ein zweites Mal, nennt man es Zufall. Sieht man sie ein drittes Mal, nennt man es Schicksal. Sie werden Teil des eigenen Lebens, weil sie besonders sind, und beginnen, einen zu beeinflussen, weil sie in den alltäglichen Kreis des Gewohnten dringen, als hätten sie Anspruch darauf. Verschwinden sie dann wieder, hinterlassen sie meistens Chaos und Verwirrung, weil sie neugebildete Verknüpfungen blutig zerreißen mit ihrem Fehlen, nur um kurze Zeit später wieder aufzutauchen und mühevoll verkrustete Wunden aufzureißen.

Nach einem unserer Bandauftritte im *Alpha*, einem kleinen, alternativen Club unter der Autobahnbrücke in der Stadt des Professors, war die Stimmung ausgelassen. Der Betonbau vibrierte noch unter den Bässen der Aftershowdisco. Joana und ich saßen mit zwei Freundinnen im Außengarten des Clubs, genauso wie der Rest der Jungs. Der Garten war von bunten Lämpchen, Kerzen und den Tageslichtröhren der Autobahnbrücke gemütlich erleuchtet. Allerlei schwarzgekleidete Rockhörer frequentierten diesen Ort, der uns mit seinem Schummerlicht in die Zeitlosigkeit einer gefeierten Nacht versetzte.

Wir hatten die beiden Freundinnen lange Zeit nicht mehr gesehen und tauschten die eine oder andere neue Geschichte und Entwicklung aus, hörten uns Resümees zu unserem Auftritt an und tranken Bier.

Wiedersehensfreudig hatte ich meinen Blick offen auf meiner Runde und blickte den drei Mädchen in die hübsch geschminkten Gesichter. So entging mir nicht, dass Joana irgendwann still wurde und ihre Lippen ein eigenartiges Lächeln annahmen. Ich kannte dieses Lächeln. Scheu, intrigiert und eindeutig. Es ergriff sie häufig, wenn jemand in der Nähe war, den sie zumindest optisch anziehend fand. Damit einher ging eine Veränderung ihrer Haltung. Wenn sie saß, straffte sie den Rücken, die Hände suchten die Nähe ihres Gesichtes und die blauen Augen richteten sich rätsel- und sprunghaft in die Richtung des Auslösers.

Ich mochte diesen Moment nicht. Aber ich folgte unauffällig ihrem Blick und wurde einer kleinen Gruppe von jungen Kerlen in dunklen Klamotten gewahr, die sich auf der Bank neben uns leise unterhielten. Da spürte ich schon Joanas Arm an meinem.

„Schaut mal – nicht jetzt, unauffällig", sprach sie gedämpft zu uns dreien, „da drüben sitzt einer, der sieht, glaub ich, echt gut aus. Hat er Piercings?"

Wir, die Köpfe in der Bankmitte zusammengesteckt, hielten inne und tauschten einen Blick.

„Ich hab niemand besonderen gesehen", sagte ich kurzerhand.

„Schau nochmal. Der mit der Kapuze, mit dem grünen Pulli."

Wir setzten uns wieder weniger verschwörerisch hin und in den nächsten Minuten erntete der besagte junge Mann von jedem von uns eine bescheidene Musterung.

„Der Blonde?", fragte Vera leise und Joana nickte.

In der Tat. Unter den dunkelgrünen Rändern der Kapuze, die die schlanke Gestalt trug, spitzten lange, blonde Strähnen hervor. Ich konnte ein kantiges, schmales Gesicht mit dünnem Lächeln ausmachen, in gerader Nase und Unterlippe je ein silberner Ring und freundliche, riesige, helle Augen, die in klugem, entrückten Glotzen auf die eigenen Kumpels gerichtet waren. Wir alle waren uns darin einig, dass langes Haar und große Augen, ob bei Mann oder Frau, unbestrittene Merkmale einer Schönheit waren, die uns gefiel. Aber das Gesicht des jungen Mannes neben uns versetzte mir einen ganz besonderen, eigenartigen Stich, den ich erst viel später verstand: Er sah aus wie Elias in Person.

„Uuuh", machten Vera und Christine wie aus einem Mund, „hübsch."

„Ja, oder?" Joana fühlte sich in ihrer Feststellung ermutigt.

„Sprich ihn doch an", schlug Vera spontan vor. „Vielleicht kommt er ja rüber."

„Spinnst du?" Joanas Augen wurden noch größer, als sie sie zu uns zurücklenkte. „Mach du doch."

Sie zogen sich eine Weile damit auf, aber Joana traute sich nicht. Irgendwas an diesem Kerl schien sie besonders zu faszinieren, so, dass sie eine Extraportion Selbstbewusstsein aufbringen musste, die ihr noch nicht zur Verfügung stand. Auch ich muss zugeben, dass das Gesicht des jungen Mannes mich immer wieder veranlasste, zum Nachbartisch zu blicken. Optisch traf er außerordentlich meinen Geschmack, das stand fest. Und die Mädchen waren in ein beinahes Flüstern übergegangen, um seine Stimme zu hören und womöglich die eine oder andere interessante Tatsache aus dem Nachbargespräch über ihn in Erfahrung zu bringen.

Der Lauschangriff währte nicht lange, denn die Runde um den Gutaussehenden war im Begriff, sich aufzulösen.

„Nicht gehen, nicht gehen!", zischte Joana amüsiert und Christine machte ein bedauerndes Geräusch. Doch die Jungs erhoben sich langsam, einer nach dem anderen, leerten ihre Bierflaschen.

„Marco, trink aus und komm jetzt endlich."

Da war er. Der Name.

„Ich kann's doch mitnehmen", kam es da lauter und etwas quengelig aus den dünnen Lippen des Kapuzenkerls.

„Dann nimm's mit, aber mach."

Marco stand widerwillig auf und griff nach seinem vermutlich längst abgestandenen Bier. Sein Lippenpiercing glänzte auf im fernen Licht der Brückenlaternen viele Meter über uns, als er unserem Tisch ein entschuldigendes Lächeln zuwarf und sich seinen Freunden anschloss.

„Er hat hergeschaut!", quietschte Vera gedämpft in angetrunkenem Amüsement einer 14-Jährigen, während Joana der Gruppe aus verblüfften Augen nachblickte und nichts sagte, auch nicht, als diese längst wieder im schwarzen Eingang des *Alpha* verschwunden war.

„Der war echt süß", stellte Christine fest, worauf Joana nur nickte.

„MARCO, DU BIST SO SÜÜSS!", brüllte Vera plötzlich lautstark über den Garten.

„Psssst!", fuhren wir ihr geschlossen ins Wort.

Im Laufe jenes Jahres besuchten wir häufig die Stadt des Professors, ob um unsere Familien zu sehen, einem kleinen Job nachzugehen oder Recherchen fürs Studium zu betreiben.

„Weißt du, wen ich gestern wiedergesehen habe?", fragte Joana mich eines sonnigen Nachmittags, als ich sie in der Wohnung ihrer Mutter abholte, um gemeinsam mit ihr aufs Bierfest zu gehen, das das Städtchen unserer Kindheit im Umkreis berühmt machte.

Ich schüttelte den Kopf.

„Den Süßen aus dem *Alpha*. Und weißt du was? Der sieht total aus wie Elias!"

Sie hatte ihn formuliert, meinen vage und berstende Ästhetik wie steinernes Unbehagen erweckenden ersten Eindruck, und ich wusste sofort, wen sie meinte.

„Wo?"

„In der Cafeteria, oben, in der Bibliothek. Ich war mit Alex Kaffee trinken und er wohl auch, mit Freunden."

„Und?"

„Na, nichts."

„Habt ihr geredet?"

„Nein." Da war wieder dieses Lächeln, als sie scheu den Kopf senkte. „Alex wollte auch die ganze Zeit, dass ich ihn anspreche. Aber was hätte ich denn sagen sollen? ‚Hallo, ich finde dich süß' oder ‚Du warst mal auf unserem Konzert.'?"

Ich zuckte mit den Schultern, hielt ich doch die zweite Option für einen durchaus möglichen Gesprächsbeginn. Und ansatzweise spürte ich, wie eine wortlose, noch nicht vollständig manifestierte Erleichterung in mir aufkeimte, die Joana gleich wieder erstickte.

„Aaaaber", begann sie grienend und schob die Hand in ihre von zerbrochenem Lidschatten und Puderstaub verschmutzte, bodenlose Handtasche, „ich habe das da mitgenommen. Er hat damit seinen Kaffee umgerührt."

Sie hielt mir ein weißes Plastikrührstäbchen hin, eines dieser Einwegteile, die man bekommt, wenn man Kaffee im Plastikbecher kauft.

Verstört zog ich die Brauen zusammen. „Sind wir schon so weit? Jetzt hebst du Müll auf, den irgendwer schon mal im Mund gehabt hat?"

„Ich kleb das in mein Erinnerungsbuch", war ihre einigermaßen zufriedenstellende Antwort, denn ihr Erinnerungsbuch enthielt neben Schrift noch eine Vielzahl kleiner Gegenstände wie Konzertkarten, getrocknete Blumen, Freundschaftsbändchen und Bierkorken. „Es ist doch irgendwie schon besonders, dass wir uns nochmal über den Weg gelaufen sind."

„Oder du benutzt es für dieses Liebes-Voodoo", platzte es aus mir heraus und ich spielte damit auf das kleine Voodoo-Set an, das eine Freundin ihr zum Spaß geschenkt hatte, ein kommerzgelenktes, buntes Spiel aus einem billigen Geschenkladen. „Dann wissen wir, ob es funktioniert."

Joana lachte ein Lachen, mit dem man eine Idee abtut, sich im Stillen aber doch die neu aufgezeigte Möglichkeit offenhält. Sie betrachtete das Rührstäbchen versonnen und steckte es wieder in ihre Handtasche und wir sprachen lange Zeit nicht mehr von Marco.

Irgendwann war es Sitte geworden, dass wir zu Weihnachten bei unseren Eltern zu Abend aßen und Geschenke austauschten, wonach ich Joana wieder abholte, um ein Glas Wein mit ihrer Mutter zu trinken und die Tochter in die Stadt zum Tanzen auszuführen. So auch dieses Jahr. Vollgefressen, gutgelaunt und offen für den Abend marschierten wir zu Fuß in die festlich beleuchtete Stadt. Diesmal ließ sie meine Hand nicht los, als wir die große Kreuzung überschritten, sondern reichte mir lediglich die angefangene Flasche Wein, die wir als Wegzehrung mitgenommen hatten.

Hinter dem Hauptbahnhof gab es *Das Zentrum*, einen großen und modernen Kulturkomplex, in dem immer wieder Konzerte und Tanzveranstaltungen stattfanden. Wir selbst hatten schon ein paar Mal mit der Band dort gespielt: Es bot solide Sound- und Lichttechnik, gute Preise und viele Gelegenheiten für eine After-Show-Party, da auf den vier Floors jeden Tag mehrere Events stattfanden – Discos, Lesungen, Motto-Partys, Filmvorführungen. *Das Zentrum* war auch dieses Jahr wieder unser Ziel. Die ruhelosen Veranstalter standen bis zu den Knien im klischeeierten Weihnachtsfeeling und hatten sich für jeden Floor eigene Specials ausgedacht – freie Glühwein-Schnäpse, Kunstschneeregen und das willkürliche Einspielen von durchgekauten Weihnachtshits in die Playlist der DJs.

Joana und ich hielten auch auf der Tanzfläche aneinander fest und ließen keine Zweifel daran aufkommen, dass wir zusammengehörten. Trotzdem waren unsere Augen wie so oft suchend nach interessanten Gesichtern und sprühenden Persönlichkeiten, die uns in der Masse vielleicht begegnen würden. Ein blondes Mädchen fiel mir auf. Sie hatte ein herbes Gesicht, dunkle Augen und lockere Klamotten, die alles verbargen, nur nicht ihre Schlankheit. Sie bewegte sich, im Gegensatz zu dem Großteil an aufgebrezelten Püppchen im Raum, sehr entspannt, oft mit geschlossenen Augen und so, als würde ein nicht vorhandener Wind sie tragen.

Ich neigte mich zu Joana vor. „Schau mal da."

„Ein bisschen langweilig", urteilte sie nach einem Blick über die Schulter und nahm einen Schluck aus ihrem beim Tanzen störenden Glas, aber ich teilte diese Meinung nicht.

Die Unbefangenheit und das Schlichtsein des blonden Mädchens zogen meinen Blick immer wieder an, bis Joana mich fest an der Schulter fasste.

„Da ist er."

Ich folgte ihrem Blick und seltsamerweise folgte ich damit auch dem Gang des blonden Mädchens von der Tanzfläche herab zu einer genauso entspannten, nicht großen Gestalt, die an der Wand lehnte und lässig an einer Zigarette zog. Das Mädchen teilte der Gestalt etwas mit und wandte sich ab, und ich erkannte Marco. Als seine Freundin die Bildfläche wieder verlassen hatte, blickte er zu uns herüber.

„Jetzt reicht's." Joana ließ ihr Glas sinken. „Ich geh jetzt hin." Und ohne einen Blick zurück nahm sie noch einen kräftigen Schluck von der Rum-Cola und ging.

Ich stellte mich etwas abseits, lehnte mich an die Wand und wurde zum stillen Beobachter. Ich sah zu, wie ihr erstes Gespräch begann. Es sah unverfänglich und amüsiert aus.

Da kehrte das blonde Mädchen zurück mit einem frischen Drink, wechselte ein Lächeln mit Marco und Joana und warf sich wieder weich in die Arme von Musik und Licht. Ich beobachtete sie eine Weile, bis ich Joanas Anwesenheit wieder an meiner Seite spürte. Erwartungsvoll blickte ich sie an.

„Ich steh hier nur so.'", zitierte sie und lachte.

„Das hat er gesagt?"

„Er kennt uns noch aus dem *Alpha*. Er fand es blöd, dass sie so früh gehen mussten, und dachte, der Abend ist gelaufen ohne uns."

Ich warf einen Blick zu Marco. Er trat seine Zigarette aus und hatte die riesigen Augen starr auf irgendwas auf der Tanzfläche gerichtet. Dieser junge Kerl hatte uns also wahrgenommen, wie wir ihn. Er hatte sich Gedanken über uns gemacht.

„Er fragt, ob wir noch was machen, wenn das hier rum ist", fuhr Joana nah an meinem Ohr fort und deutete auf den klebrigen Discoboden. „Ich hab gesagt, wir schauen mal."

„Ja, schauen wir mal", entgegnete ich neutral, aber das hoffnungsvolle Zucken von Joanas Brauen entging mir nicht.

Wir landeten in einer urigen Absteige, die für ihr überdurchschnittlich leckeres Essen und ihre Freigiebigkeit für in die Jahre gekommene Alkoholiker bekannt war: Marco, Joana, ich und das blonde Mädchen, das sich auf dem Weg fröhlich als Sybille vorstellte. Zu viert quetschten wir uns an den bäuerlich geschmückten Tisch zu einer Gruppe anderer Feierwütiger, lernten uns kennen und tranken noch ein paar Longdrinks über den Durst.

Sybille war eine Bekannte von Marco. Sie kannten sich von früher, waren durch einige Hürden von Streits und Vorurteilen gegangen und verstanden sich nun wieder gut. Sie studierte Medizin in der Stadt des Professors mit dem Ziel, Kinderärztin zu werden.

Marco selbst war Lehrer – Sprachen und Geschichte. Untypisch für diesen Beruf war nicht nur seine Optik, sondern auch sein Musikgeschmack, die Liebe zu seiner eigenen Band (er spielte Schlagzeug in einer Stoner-Rock-Kombo) und seine alberne, disziplinlose, freche Jugend, die ihm in den Knochen saß, obwohl er ein paar Jahre älter war als wir. Er fuhr einen roten Polo und hatte eine alte Hündin, Lily, die ihm mehr bedeutete, „als jeder Mensch auf der Welt". Gerne teilte er mit uns die eine oder andere Anekdote aus seinem Schulleben, dem Mundwerk seiner Schüler. Er war durchaus großzügig, schmiss eine Runde nach der anderen mit dem Argument „Ich bin doch der Einzige mit festem Einkommen hier". Als die Dumpfheit der Köpfe mit steigendem Grad unnötigen Alkohols zunahm, beschränkten sich auch die Gespräche auf den jeweiligen Nachbarn und so landete ich in hoch angenehmem Plausch mit der Medizinstudentin und Joana in Marcos Arm. Sybille flüsterte mir den Wunsch nach einer Zigarette ins Ohr, den ich nicht abschlagen konnte. Draußen trat sie näher an mich heran.

„Ich glaube, Marco gefällt deiner Freundin ziemlich gut", stellte sie gedämpft fest.

„Schon möglich, ja", antwortete ich und sah ihren hübschen, braunen Augen an, dass sie dazu mehr zu sagen hatte.

„Das kommt jetzt komisch, wenn ich das sage ..." Sie tat sich sichtlich schwer mit einer unangenehmen Wahrheit, die aus ihr herauswollte. „Aber er ist verheiratet. Sag ihm nicht, dass ich das erzählt hab, sonst bringt er mich um. Aber ich dachte, deine Freundin sollte das vielleicht wissen."

Als ich einen Schritt zurückwich, um Sybille den Rauch nicht ins Gesicht zu blasen, war ich für den Moment sprachlos und nagelte ihr burschikoses Gesicht mit dem Blick fest. Marco, das Ultimum an Perfektion der vergangenen Monate, verheiratet? Bedeutete unzugänglich, tabu? Nur dazu da, um wie ein unwahrscheinliches Kunstwerk angesehen zu werden?

„Mit wem?", fragte ich Sybille stockend. „Wie lang?"

„Ein paar Jahre schon. Er hat damals seine Freundin geheiratet, auch eine Lehrerin. Ich sehe sie selten zusammen, aber ich sehe auch ihn selten."

„Danke", sagte ich schließlich trocken und eine Bitterkeit rührte sich durch meinen sich fälschlicherweise klar anfühlenden Verstand. Ich musste es Joana sagen, bevor einer der beiden auf irgendwelche dummen Ideen kam.

Kaum hatte ich die schwere Holztür der Kneipe wieder hinter uns geschlossen, sahen wir Joana und Marco in einem die Sinne berührenden Kuss versunken. Sybille und ich wechselten einen bedeutungsvollen Blick und setzten uns wortlos rechts und links von dem Paar, um das Grüppchendenken am Tisch auszuschalten. Taktvollerweise ließen sie voneinander ab; Joana sah sehr zufrieden aus.

„Da seid ihr ja wieder", stellte Marco das Offensichtliche fest. „Wollen wir noch was?"

Sybille und ich sahen uns an. Sie verzog unwissend die Lippen, während Joana nur mit den Schultern zuckte. Also war die Entscheidung an mir und mit genügend Alkohol im Blut und Sybilles neuster Info im Ohr blieb ich sachlich, auch wenn ich meinen Blick mit Mühe von ihren Händen abwenden musste, die aufeinanderlagen.

„Wir sollten langsam los. Es wird bald hell ... aber einen können wir schon noch trinken, zusammen."

Die Gruppe war einverstanden, und auch wenn das Paar sich hin und wieder schweigend anlächelte, erwiesen sie sich beide als multitaskingfähig genug, eine Unterhaltung am Tisch aufrechtzuerhalten.

Ich betrachtete Marco eingehend. Wie das grausame Lächeln des Dorian Gray hatte sich etwas in sein hochschönes Ganzes gefräst, das den formvollendeten Eindruck verdarb und sein Strahlen schwärzte. Ich glaube, es war nicht nur die Eifersucht, die ich damals mit Händen und Füßen verdrängte, sondern vor allem die Gewissheit, dass er einen anderen Menschen willentlich hinterging, jede Minute, die er Joana an der Hand berührte, nach ihrem Kuss.

Ist es das, was verheiratete Männer für Frauen umso anziehender macht? Diese selbstverständliche Ignoranz von momentan widrigen Umständen, zugunsten eines neuen, so viel interessanteren Abenteuers? Appelliert dieses Stehen im scheuklappenangelegten Hier und Jetzt an ihre Emotionalität?

Während auch ich mich am Gespräch beteiligte und als der einzige klar sinnende Mensch an diesem Tisch fühlte, ließ ich den Kerl nicht aus den Augen. Er trug einen Silberring. Wie schön dieser zum schlichten Äußeren eines Rockmusikers passte.

Als wir letztendlich gehen wollten, hätte ich Joana fast von ihm weggezerrt. Ihre Verabschiedung war mir zu lang, ja jeder Blick, den sie tauschten, war mir zu viel. Ich bestand darauf, zu Fuß zu gehen, auch wenn Marco für uns alle ein Taxi bestellt hätte, schliefen doch heute alle in derselben Stadt. Aber ich musste mit Joana reden und auch sie hatte nicht viel gegen einen Nach-Hause-Spaziergang: Sie hatte viel getrunken und ihr Kopf dröhnte von den Zigaretten.

Als wir nach draußen traten, stand die frostige Wintersonne bereits am Himmel. Der dreckige Schneerest, zu streubeschmutzten Klumpen an den Straßenrändern zusammengeschmolzen, begann zu blenden. Der bullige Türsteher wünschte uns fröhlich gute Nacht.

„Und, bist du jetzt zufrieden?", fragte ich Joana, nachdem wir ein paar Schritte aus der Altstadt getan hatten.

Sie schmunzelte wie ein junges Mädchen. „Ja. Ach, war das schön. Endlich mal wieder jemand, den man einfach küssen will – und kann. So hübsch. So ... unverbindlich."

„Sybille hat mir da was erzählt", begann ich umstandslos. Natürlich war Joana neugierig, also fuhr ich fort. „Er ist verheiratet."

Sie schwieg eine Weile. Vielleicht sanken ihre Augenwinkel aus Müdigkeit, vielleicht, weil ihr meine Worte nicht gefielen.

„Echt?", fragte sie nach einer kurzen Weile, wesentlich pragmatischer, als erwartet. „So schaut er gar nicht aus."

„Ja, angeblich mit seiner damaligen Freundin."

„Aber Mist erzählt, weil sie eifersüchtig war, hat Sybille nicht?", vergewisserte Joana sich. „Er hat gesagt, er kennt sie gar nicht so gut."

„Keine Ahnung. Ich denke nicht. Ich hab mich gut mit ihr unterhalten, sie schien nicht so. Wie auch immer." Ich trat einige Schritte weg, weil Joana es hasste, auf dem Heimweg meinen Zigarettenrauch zu atmen. „Du solltest das klarstellen. Nicht, dass da was ... Unkoscheres losgeht, zwischen euch."

Joana zeigte sich überraschend kompromissbereit. „Ja, ich frag ihn mal."

„Aber unauffällig."

„Von mir aus ... Wir haben Nummern getauscht", erzählte sie mit einem etwas frischeren Lächeln.

„Du hast doch aber nie Geld auf dem Handy."

„Hab ich ihm auch gesagt. Aber ich kann ja aus dem Internet antworten. Oder von dir." Ein breites Grinsen ging in meine Richtung.

Ich schnaubte und sagte nichts dazu, vergrub die frierenden Hände in den Manteltaschen. „Nimmt dich das gar nicht mit?"

„Dass er verheiratet ist? Ach, pff." Sie winkte ab. „Ich will ja nicht mit ihm zusammen sein. Ihn zu küssen war schön. Aber ich denke, wir könnten uns auch so gut verstehen, ohne das. Wir, alle drei."

Ich denke, meine Skepsis war nicht zu übersehen, aber ich wollte mich Joana zuliebe zusammenreißen und Marco eine Chance als Bekannten mit etwas abgefahrener Geschichte geben. Immerhin war da immer noch genug an ihm, das mich selbst faszinierte, so düster es auch geworden war. Und immerhin ging Joana noch immer mit mir nach Hause, sie wusste, wo sie hingehörte, und ich wusste, dass sie für den Rest der Nacht mir gehörte. Ich ließ sie es spüren.

Von Sybille hörten wir nach diesem Abend nichts mehr. Aber Marco wurde einer dieser Menschen. Plötzlich war er da, präsent in unserem Leben, dann hörte man eine Weile nichts von ihm und dann meldete er sich aus dem Nichts, um uns auf eine House-Party einzuladen oder auf ein Konzert.

Es stellte sich allerdings heraus, dass er nur aus gesetzlichen Gründen noch mit seiner Ehemaligen verheiratet war. Sie lebten längst getrennt, aber hatten noch die Urkunde, damit keiner von ihnen einfach so in eine andere Stadt versetzt werden konnte. Das erzählte er Joana irgendwann, als sie sich auf einer Feier abgekapselt hatten, um zu reden.

Durch diese neue Info besserte sich mein Bild von ihm ein wenig. Gut, er hatte pragmatisch geheiratet und arbeitete daran, sich davon zu lösen. Sollte ich ihn deswegen für einen schlechteren Menschen halten, obwohl alles andere an ihm zu stimmen schien? Ich war sehr überrascht und angetan zu sehen, dass er, wann immer er Joana schrieb und ein Treffen vorschlug, mich stets mit einbezog: „Was macht ihr dieses Wochenende?" – „Seid ihr am 20. da?" – „Ich gehe ins *Soundhouse*. Kommt doch mit."

Im *Soundhouse* trafen wir uns oft, einem neon- und schwarzlicht-kolorierten, stickigen Club, in dem es gute Cocktails gab und bis in die Morgenstunden elektronische Musik lief. Niemand von uns drei hörte solche gern im Alltag, aber in lautstarker Dauer-beschallung war sie „toll, um einfach abzuschalten", fand Marco. Er stahl sich oft genug vom Tresenplatz, wenn ein Beat kam, der ihm besonders in die Knochen fuhr, um auch mal ohne uns in der Masse an sich schüttelnden Körpern unterzugehen und kehrte zurück, das verlassene Gespräch wiederaufnehmend, als wäre nichts gewesen.

Als die Rauchpausen dank steigenden Alkoholpegels immer häufiger wurden, begannen er und ich vor den Türen des *Sound-house* ab und an ein interessantes Gespräch. Er hatte, trotz sei-nes Fulltime-Jobs, mit seinem Polo schon manches Land bereist und war von den ärmeren Gegenden Indiens und Afrikas beson-ders fasziniert. Ein Wohltäter also auch noch. Trampen legte er mir sehr stark ans Herz, etwas, was ich bisher als höchst suspekt empfunden hatte.

„Da kann gar nichts passieren. Es gibt überall nette Leute. Und wenn ihr zusammen fahrt, sind zwei Paar Augen sowieso wachsa-mer als eins."

„Arschlöcher gibt es aber auch überall", antwortete ich kühl.

Marco lachte zustimmend auf.

„Irgendwann steige ich auch aus diesem System aus", sagte er nach einer Weile. Seine Augen waren glasig und nachdenklich geworden. „Wenn man sich mal anschaut, wie andere Leute ein einfaches, glückliches Leben führen, ohne Politik, ohne Hierar-chien, einfach nur mit sich selbst ... da wird einem ganz anders, wenn man bedenkt, in was für einer Scheiße man selbst großge-worden ist. Was man unterstützt. Wie verwöhnt man ist."

Ich lehnte mich an die Wand und schwieg. Marco hatte recht und ich erwischte mich beim beschränkten Denken, das er unseren Mitbürgern indirekt vorwarf. Sofort dachte ich daran, wie unbequem es wäre, Einwanderer einer fremden Kultur zu werden. Wie viel nervtötende Bürokratie das mit sich bringen würde. Worauf ich verzichten müsste, wenn auch nur zu Beginn: auf einen festen Wohnsitz, auf eine zuverlässige Geldquelle, eine Krankenversicherung.

„Wenn ich aussteige, irgendwann", fuhr Marco fort, „sag ich das keinem. Ich geh einfach weg, irgendwann. Und nehm nur Lily mit, wenn sie noch lebt. Aber euch, euch würde ich es sagen. Und fragen, ob ihr auch mitkommt."

Ich starrte ihn an.

„Wenn ihr ‚Ja' sagt, bin ich glücklich. Wenn nicht, dann ist das eben so. Aber ihr seid zwei Menschen mit einem Herzen, wie ich es noch nie kennengelernt hab. Euch kann ich mir vorstellen, da draußen."

„Vielleicht. Warten wir erst mal, bis es so weit ist", brachte ich zögerlich hervor. Die Verblüffung über seine schmeicheln-den Worte und ein sich wieder öffnendes goldenes Ganzes, das ich ganz zu Beginn in ihm gesehen zu haben glaubte, zeichneten mich.

„Ja, klar. Ich weiß, es ist schwer, alles stehen- und liegenzulassen, was man kennt. Aber das ist es wert, wenn man *mehr* erleben will."

Wir sammelten Joana von der Tanzfläche ein, redeten noch über die Dauer von ein, zwei Drinks und dann schoben wir Marco stets in ein Taxi. Bis er uns einmal zu sich nach Hause zur Afterhour einlud. Er lebte in einer verlassenen Bierbrauerei zwischen zwei Städten. Eine Handvoll seiner Freunde und er hatten sich das Gebäude als Wohnkomplex geteilt – es war günstig, mit Strom und Wasser versorgt, groß und ihm gehörte ein ganzes Kellerge-schoss mit einem Bad, einer Küche, einem Proberaum und einem großen Wohn- und Schlafzimmer. Die steinernen Böden mit bun-ten Teppichen ausgelegt, die Wände mit wild gemusterten, gro-ßen Tüchern behangen und den Raum in dämmriges Glühen von Lichterketten und Lavalampen getaucht, konnte man darin eine kleine, gemütliche Drogenhöhle sehen.

Marco erwies sich als sehr zuvorkommender Gastgeber. Er machte uns eine weiche Couch frei und stellte guten Rotwein und Whiskey auf den niedrigen, mit Tabak- und Marihuanaresten bedeckten Glastisch.

Wir tranken und redeten bis lang nach dem Sonnenaufgang und trafen uns seitdem auch öfter mal einfach bei ihm, anstatt gemeinsam wegzugehen. Und immer kam der Abend an einen Punkt, an dem er Joanas Nähe suchte und sie seine.

Ich sah mir das Ganze einige Male an und gab ihnen Zeit. Ich erinnerte mich an Joanas Worte und hielt mich selbst damit am Boden: „Ihn zu küssen war schön. Ich will ja nicht mit ihm zusammen sein."

Sie waren für mich Gegenwart und Selbstverständlichkeit und immer war ich es, der unsere Sessions letztendlich freundschaftlich, aber bestimmt auflöste.

Mittlerweile sehen wir Marco ab und zu, wenn wir die Stadt des Professors besuchen, gehen zusammen einen heben oder statten ihm und seinen Freunden einen Besuch in der Bierbrauerei ab. Joana hat sich eine Prepaid-Karte für ihr Handy gekauft, um Kontakt zu ihm zu halten. Das ist selten, und es macht mir ein bisschen Sorgen.

8: Was ich an Männern hasse

Die Gewohnheit, mehrere Tage nicht zu duschen

FIXIERTHEIT

Fantasielose Gesprächsanfänge

Egozentrik beim Sex

Hässliche Penisse

Befürwortung von Grüppchenbildung

BLICKE

Triebgesteuertes Verhalten

Obszönitäten auf der Straße

Jemanden zum Kaffee einzuladen und dabei an Sex zu denken

FEINRIPPUNTERWÄSCHE

PFEIFEN

Höherstellung in jeder Hierarchie

Stoppel-Haarschnitte

PORNOGRAFIE

Festhalten an überholten Werten

GLATZEN

Homophobie aus Prinzip

MUSKELPAKETE

STURHEIT

FUSSBALL

Die selbstverständliche Annahme,
Frauen stünde die Hausarbeit zu

STEROIDE
– es fliegt immer auf!

PROMISKUITVITÄT

VERGEWALTIGER

Bevorzugung bei der Anstellung

Frauen gegen
ihren Willen
auf der Schulter
herumzutragen, weil sie denken,
es sei lustig

Die eigene Kraft
nicht einschätzen
zu können

BABY

Schwänzen
Namen zu geben

Frauen auf
Geschlechtsmerkmale
zu reduzieren

Geschlechterbilder festzunageln, ohne drüber nachzudenken

„Du bist eine wunderschöne,
kluge Frau."

Billige Komplimente

Impulsives Handeln

HINTERGEDANKEN

Platonisches
nicht von
Sexuellem zu trennen

Eklige Dinge zu tun,
um Männlichkeit
zu beweisen

ERWARTUNGS-
HALTUNG

TREULOSIGKEIT
sich selbst
und anderen gegenüber

Gangsta-Rap

Umständlich
die Tür aufzuhalten,
obwohl man es selbst
eilig hat

Anderen beim Tanzen
die Geschlechtsteile
aufzudrücken

Gentleman aus
niederen Beweggründen
zu spielen

Gegenstände runterzuwerfen
und sie nicht aufzuheben,
sondern drüber hinwegzusteigen

DATE RAPE

Warmhalten von
Groupies, Geliebten, Affären

Andere nicht für voll zu nehmen,
die ihrem Bild von "Mann"
nicht entsprechen

BAUARBEITER-
DEKOLLETÉS

BESSER-
WISSEREI

Die Socken beim Sex
anzulassen

CHAUVINISMUS

ANHÄNGLICHKEIT

Beruf = Sohn

Prahlen
mit etwas,
das einem durch
die Eltern zufiel

HÖRIGKEIT

COUCHPOTATOES,
und andere für sich arbeiten zu schicken

In anderen Kreisen,
als denen der Kumpels,
eine Maske aufzusetzen

Klischeeierte Auffassungen
von Romantik

Von etwas so begeistert sein,
es aber beim spätestens dritten Mal nicht mehr tun,
weil anderes wichtiger ist
– aber davor alle dazu mobilisiert haben!

Jemanden abzufüllen und sich dann
über dessen Unfähigkeit zu beschweren

Alberne Ausdrücke für Frauen

PERLE

BRUST- UND RÜCKENBEHAARUNG

Schlampig rasierte Bärte

Viel zu große
Adamsäpfel

EXTREMISMUS
in Reaktionen

von meiner Frau
für dich

ICH TRENNE MICH

SCHNECKE

Einen Passanten lieber
in die falsche Richtung zu schicken,
als zuzugeben, dass man die richtige
nicht kennt

Sich lieber die Arme
vollzuladen und alles
fallen zu lassen,
statt zweimal zu gehen

Vorschnelle
Entscheidungen

Am Steuer
zu fluchen
und mit
Vollgas
zu preschen,
um dem Fahrer
den Mittelfinger
zu zeigen

TORTE

DURCHSCHAUBARKEIT

Großäugig auf Kritik
zu reagieren,
versprechen, es anders zu machen
und es mit vollem Einsatz
wieder genauso zu tun

Seinen Haufen an
eigenen schlechten Witzen
für die besten zu halten

9:

„Niemals!"

„Schatz, magst du ein Glas Wein?"

„..."

Ich hasse es, wenn Joana mir nicht antwortet. Ich trete in den Türrahmen und starre auf ihren Rücken. Sie sitzt am Rechner und schreibt.

„Schatz, magst du ein Glas Wein?"

„..."

„Drei ... zwei ... eins ..."

„Jaaah..."

„Danke."

Mehr hätte es doch gar nicht gebraucht. Wir müssen uns fertigmachen, in einer Stunde fährt die Bahn ins Zentrum, wo wir uns mit einem befreundeten Pärchen treffen, das wir vor Jahren über eine Community von Rollenspielern kennengelernt haben. Ich weiß genau, dass ich, dank meiner minimal ausgeprägten Eitelkeit an Ausgehabenden, wieder auf Joana warten muss und dass wir ihretwegen zu spät kommen. Ich bringe ihr ein Glas Wein und stelle es auffordernd auf die weiße, mit viktorianischem Schmuck vollgeräumte Kommode, starre ihr weiter Löcher in den Rücken.

„Wir haben noch eine Dreiviertelstunde."

„Bis was? Bis wir losmüssen?"

Ich nicke.

„Das schaff ich nie."

„Dann heb endlich deinen Hintern hoch und zieh dich an."

„Ich hab noch gar nichts zum Anziehen!"

„Was hast du denn jetzt die ganze Zeit gemacht?"

„Mann, ich unterhalte mich grade!"

Ich hasse es, wenn sie Marco schreibt. Das erkenne ich an dem blau-weißen Facebook-Design auf dem Bildschirm, als ich näher-komme und ihr über die Schulter sehe.

„Du kannst ihm doch sonst wann antworten."

„Nein, es geht um nächstes Wochenende!" Sie ist gestresst, ein wenig ungehalten.

Auf grimmige Art und Weise erfüllt mich der Wunsch, einfach auf den Off-Knopf ihres Laptops zu drücken. Nächstes Wochen-ende steht Joanas Geburtstag an, den sie in der Stadt feiert, in der unsere WG stand, in der kleinen Bar, in der sie mal gearbeitet hat. Natürlich hat sie Marco eingeladen.

„Ich mach ja gleich", sagt sie ein bisschen versöhnlicher, aber gleichzeitig dreht sie sich um und macht eine angespannte Geste mit beiden Händen, als bitte sie mich inständig, mich zu verpissen.

Ich nehme also einen großen Schluck aus meinem eige-nen Rotweinkelch und schlurfe in mein Zimmer zurück.

„Dreiviertelstunde!"

Sie ruft etwas von drüben, das ich mit wenig Gedankenarbeit als „Wenn du mich stresst, dauert es noch länger!" identifizieren kann.

Ich lasse mich vor meinen kleinen Spiegel fallen und glotze mich etwas blöd an. Diese blasse, erschöpfte Gestalt mit am Vor-tag gewaschenen, ungekämmten Haaren soll ich jetzt ausgehfer-tig machen. Kein Problem. Ich trinke noch einen Schluck, bevor ich wieder aufstehe und mir aus dem Schrank die erstbesten Stü-cke vom Ausgehstapel nehme – ein bunt zusammengeworfenes Outfit, „gewagt", wie viele meiner Freunde meinen Stil mittler-weile bezeichnen: ein graues, hochgeschlossenes Shirt mit einer Borte strenger Knöpfe und die dicke, ausgebeulte, beigebraune Armeehose, die mein Großvater getragen hat, als er 17 war. Ich mag solche Klamotten. Sie haben Geschichte und eine Aussage, und dass sie über zwei Generationen gehalten haben, zeugt von ihrer Qualität. Ob alles zusammenpasst, ist eine andere Frage. Aber ich selbst beantworte sie mir mit „ja" und gebe keinen Wert auf das Urteil anderer.

Das lange Haar zu einem lockeren David-Garrett-Dutt zusammengenommen. Ein bisschen Abdeckstift auf die Augenringe. Zwei, drei Spritzer Adidas Adventure. Vier Silberringe auf die Finger. Fertig. Ich mache es mir leichter als die meisten und bekomme doch häufig verquere Komplimente dafür.

In diesem Moment wirbelt Joana in mein Zimmer. „Den kurzen weißen oder den langen schwarzen Rock zu dem Korsett?"

„Zeig mal." Ich stehe auf, um sie zu betrachten und komme um ein Lächeln nicht herum. Ihre Beine unter dem weißen Röckchen stecken in einer schwarz-weiß gestreiften Strumpfhose. Eine Schulter schaut entblößt aus einer noch nicht zugeknöpften, weißen Bluse hervor, was in mir den Drang weckt, ihr Schlüsselbein zu küssen. Die Taille ist von einem braunen, hübsch bestickten und noch nicht geschnürten Korsett mit goldenen Ketten und Verschlüssen umschlossen.

Ich will sie auf mein Bett werfen und mit ihr schlafen. „Ist gut so", sage ich stattdessen.

Sie wirbelt wieder davon und ich folge ihr. „Kommt er nächstes Wochenende?"

„Er will, aber er hat an dem Abend noch einen Auftritt." Sie sitzt bereits auf ihrem weißen Hocker und fädelt sich goldumrandete Ohrringe ins Ohr. „Jetzt wollte er noch wissen, wie lange wir da sind und wie lange das *Tor* auf hat, vielleicht kommt er nach ... Glaube ich aber nicht."

Ich schweige eine Weile, lehne mich in den Türrahmen und betrachte sie während sie sich schwarze Lidstriche um die Augen pinselt.

„Es ist dir wichtig, oder?"

„Pssst."

Ich hasse es, wenn sie sich Lidstriche malt. Sie verwendet ihre gesamte Konzentration darauf, vermalt sich, flucht und fängt wieder von vorn an, pedantisch bedacht auf perfekte Symmetrie.

„Was denn?", fragt sie schließlich.

„Dass er kommt."

„Naja. Ja. Wir sehen uns so selten. Außerdem wäre es schön, an meinem Geburtstag jemanden da zu haben, der süß ist." Sie wirft mir ein kurzes Zwinkern zu und glaubt, sie hätte etwas Tolles gesagt.

„Was reicht dir nur nicht an mir?", frage ich, vollkommen sachlich und ohne eine Antwort zu erwarten, so, wie ich ihr diese Frage schon das eine oder andere Mal gestellt habe.

„Dex." Sanft und rügend sieht sie mich an. „Bist du schon wieder eifersüchtig? Das musst du nicht sein. Wenn du nicht kommen würdest, wäre der ganze Abend blöd. Bitte, versau es mir nicht mit deiner Grübelei."

„Meine Grübelei", wiederhole ich trocken.

„Ja. Marco ist seit so langer Zeit mal jemand, der mir richtig gefällt. Vielleicht ... vielleicht wird das ja was. Ich will mit dir darüber reden können, ich will, dass du dich für mich freust und nicht so ein Gesicht ziehst."

Ich leere mein Weinglas in einem Zug und verschlucke mich daran.

„Aha", ist alles, was ich unter Husten hervorbringe. Vielleicht wird das was? Ist das ihr Ernst und sie teilt mir das so zwischen Tür und Angel mit?

„Und wie lange weißt du das schon?", krächze ich, sobald ich wieder atmen kann.

„Ich weiß noch überhaupt gar nichts. Aber das ist doch das Wunderbare. Es nicht zu wissen. Abzuwarten, was passiert."

„Du würdest ihn also nicht abweisen?"

„Nein, warum auch? Ich will selber noch gar nicht so weit denken. Lass mich doch ein bisschen schwärmen."

Ich finde keine Worte. Auch wenn sie noch alles im Unklaren lässt, wenn alles noch sein kann und nicht ist, bahnt sich diese Vorstellung für mich wie eine schwere Gewissheit an. Es gibt einen konkreten Konkurrenten. Und er ist nicht unserer Fantasie entsprungen, um unser Verhältnis spannender zu machen, sondern lebendig und real. Eine Bedrohung für uns. Eine Bedrohung für Marian und Elias. Eine Bedrohung für mich.

„Ich will nicht, dass er kommt", sage ich plötzlich und sehe sie nicht einmal an. Aber ich merke, wie das Thema sie berührt, in sie fährt, sie davon ablassen lässt, was sie eigentlich gerade tut. „Dex." Wieder dieser vorwurfsvolle Ton. Sie steht auf und tritt auf mich zu: das braune Haar in wallenden Locken, mit Perlenspangen gebündelt, ein Duft von würziger Mandarine um ihre Hände, ein bestimmter und doch empfindlicher Nachdruck in ihrem Gesicht. „Soll ich ihm jetzt wegen dir absagen? Soll ich sagen: ‚Tut mir leid, ich muss dich leider doch ausladen, Dex will es so'? Was wird der arme Kerl denn denken? Das stößt ihn doch total vor den Kopf."

„Ist mir egal!", schreit alles in mir, aber ich sehe Joana lediglich an und weiß nicht, was ich sagen soll. Für alles, was ich sagen will, ist es der falsche Moment. Aber Elias, der nie gelernt hat, seiner inneren Stimme zu widerstehen, fragt sie, mit einem aufkeimenden Zornesfunkeln in den Augen: „Warum reiche ich dir nicht?"

„Du bist anders!" Joana fühlt sich in die Ecke gedrängt, ich höre es an der Jähe, mit der sie antwortet.

„Zu anders für dich?"

„Wir kennen uns zu gut! Wir sind ... wir sind seelenverwandt, aber ... das ist doch nicht dasselbe."

„Ich gefalle dir nicht?" Elias stellt ihr die spontanen Fragen, die ich mich nie wagte zu stellen, mit einem Andrang, einer verhaltenen, aber gnadenlosen Aggression.

„Hör jetzt auf mit dem Scheiß! Du bist ... nicht *er*! Willst du, dass ich mich für immer abkapsele? Den Draht nach außen verliere, damit *du* zufrieden bist? Dass ich für immer allein bleibe?"

„Du bist nicht allein."

„Du weißt, was ich meine." Joana seufzt verkrampft und ein wenig verzweifelt. Unglücklich schaut sie in ihr Zimmer zurück und fährt sich mit den perlenbesetzten Fingern sacht über das stilvoll geschminkte Gesicht. „Jetzt hab ich überhaupt keine Lust mehr, irgendwo hinzugehn", sagt sie betrübt.

„Ich ..." Der Abfall ihrer Spannung weckt mich wieder, ich sehe auf zu ihr, ja bewege mich sogar in den Flur, wo unsere Jacken hängen. „Ich denke nur, vielleicht, irgendwann, wird dir noch klar –"

„Es gibt kein ‚Irgendwann', Dex!" Sie dreht sich schwungvoll um, nimmt die Hände vom Gesicht. „Irgendwann' ist längst vorbei."

Und in ihren Augen sehe ich plötzlich eine lange Reihe von Jahren. Erlebnisse, Emotionen, Durchgestandenes, das ich alles kenne, da ich dabei war. Alles, was unsere Zukunft betraf, ist gelaufen und das, was im Jetzt verblieben ist, ist ein winziger Rest, an den sich zu klammern sich nicht mehr lohnt. Joana weiß genau, was ich sagen wollte. Und es tut ihr weh zu widersprechen.

„Ich werde niemals mit dir zusammen sein."

Da ist sie.

Meine Antwort.

10:

Freunde

An unserem Umgang hat sich nichts geändert. Wir sind gefahren, natürlich zu spät, und hatten noch einen entspannten Abend zu viert. Während der ganzen Zeit in der Stadt aber hat mich etwas dazu gezwungen, Joana immer wieder zu betrachten. Wie sie lächelte, wie sie sich locker und gutgelaunt gab. Und das, obwohl ich weiß, dass sie sich oft mit ihrer aufgedrehten und kommunikativen Art selbst auf den Sack geht, die eigentlich nur daher rührt, dass ich so schweigsam bin und irgendeiner aus unserer Einheit ja reden muss.

Wie schön sie ausgesehen hat. Eigentlich war alles wie immer gewesen und ich habe mich immer wieder gefragt, ob dieser kurze Streit nicht Einbildung gewesen war, nicht eine Projektion einer Horrorvision von mir. Sie konnte das nicht ernst gemeint haben. Hatte sie sicher nicht. Wenn sie es hätte, würde für mich eine Konstante wegfallen, an die ich mich seit über zehn Jahren geklammert hatte.

Der Abend ist dem Morgen gewichen, wie so oft, und auf dem Heimweg, im blassen, kühlen Morgenhimmel sehe ich doch die Gegenwart des Vortags. Sie will nicht ohne mich sein – aber sie will nicht mit mir zusammen sein. Sie liebt mich, daran besteht kein Zweifel. Aber nicht auf die Weise, auf die ich sie liebe.

Joana schläft in der Bahn, mit dem Hinterkopf auf der Rückenlehne, mir gegenüber. Ich stütze das Kinn in die Hand und starre aus dem Fenster, an dem die abwechslungsreiche und doch unecht wirkende Kulisse der Großstadt vorbeizieht. Ich muss mich damit abfinden, dass wir Freunde sind. Und zwar die besten, die die Welt je gesehen hat.

Aber diese Definition fühlt sich so schmerzlich verkehrt an und ich frage mich, was Freunde eigentlich sind. Zwei Menschen, gleich welchen Geschlechts, die feste Zuneigung füreinander empfinden? Die Gruppe der Individuen aus der alltäglichen Peer Group, mit denen man sich versteht und einmal im Monat Bowlen oder zum Stadion geht? Leute, die sich ständig etwas Überraschendes erzählen und sich daher nicht langweilig finden? Der Haufen an kleinen Bildchen in meiner Liste auf Facebook?

Was bedeutet es, füreinander da zu sein und warum sollte ein gesundes Individuum zu so etwas bereit sein?

Fragt man, wird jeder moralische Mensch es verneinen, aber in Wirklichkeit will doch jeder am Ende nur sein Glück. „Ich muss auch mal an mich denken." – „Ich muss gut zu mir selbst sein." Für jemanden da zu sein bedeutet einen je nach Situation variierenden Grad an Selbstaufgabe. Und dafür hat man heutzutage keine Zeit mehr.

Die Menschen sind hastig und kurzlebig und ich unterstelle ihnen, dass sie Freundschaften nur pflegen, weil sie selbst etwas Gutes davon haben. Vielleicht ist deren Einstellung ja wiederum angenehm für andere, sodass es auf Gegenseitigkeit beruht, und diese Symbiose nennt man dann „Freundschaft". Vielleicht bin ich seltsam in dieser Beziehung, aber wenn ich mich einsam oder unverstanden fühle, greife ich nicht zum Telefon – und das liegt nicht an meiner Telefonphobie. Ich habe kein Bedürfnis danach, andere mein seelischer Mülleimer sein zu lassen. Vielmehr glaube ich, dass sie mich ohnehin nicht verstehen. Sich einfach fallen oder sich in den Arm nehmen lassen funktioniert bei mir nicht oder erreicht nicht die erwartete Wirkung. Weil ich weiß, dass ich in emotionalen Momenten selten Herr meiner Sinne bin und egal ob ich klage, fluche oder heule, ich nicht so rüberkomme, wie ich tatsächlich bin. Ich will keine tröstlichen Worte, weil mein Inneres niemanden sehen kann und sie verschwendet sind, wie Kunstperlen vor den Säuen.

Floskeln sind eine abartige Fantasielosigkeit.

Das alles bedeutet nicht, dass ich keine Menschen habe, die mir wichtig sind und die ich respektiere. Aber ich hüte mich davor, ihnen meine Geschichten aufzulasten. Wenn mich etwas fertigmacht, will ich es mit ihnen nicht in dem Maß teilen, in dem es mich fertigmacht und ich erwarte dasselbe von ihnen. Und dann sehe ich Joana in ihrem roten Mantel, den Kopf, im Schlaf wackelnd, auf ein altes Palituch gebettet. Meine Gegenwart und meine Vergangenheit, meine Jugend, meine Kindheit. Sie ist mein Leben. Sie weiß, dass ich da bin, deswegen kann sie so friedlich schlafen. Ich weiß, dass sie da ist, deswegen funktioniere ich. Nein, wir sind keine Freunde. Wir gehen weit über diesen weltlichen Begriff hinaus und kein Mensch kann sagen, was zur Hölle wir sind.

Ihre Feier wird, wie immer, ein voller Erfolg. Wir bekommen nicht nur Besuch von den jüngeren Mitgliedern ihrer Familie, sondern auch von vielen Leuten, die uns noch kennen und mögen, trotz dessen, dass wir schon seit einer Weile in der Hauptstadt leben. Wir freuen uns allesamt, uns wiederzusehen. Alte Klassenkameraden, besonders liebgewonnene Arbeitskollegen, Künstler, Musiker, Rollenspieler. Natürlich ist auch das Team des *Tor* vor Ort, das aus einem harten Kern mit hin und wieder wechselnden Zusatzstatisten besteht, es empfängt und bewirtet uns mit offenen Armen.

Der Abend geht fröhlich dahin, unter einer Menge fordernder und interessanter Gespräche – wie viel Sinn räumliche Distanz plötzlich in eine Konversation pflanzen kann! –, Gelächter, Umarmungen und bunter Cocktails. Laute Musik, eine ganze Bar, angefüllt nur mit unseren Leuten, ein entspanntes Schwingen mal hierhin und mal dorthin, ein alljährliches Verschmelzen von verschiedenen Gruppen, Idealen und Umgängen.

Marco bricht diese chaotische Harmonie, als er den Raum betritt. Er kennt niemanden und seiner straffen leisen Haltung eines vorsichtig lächelnden Hundes ist anzusehen, dass er auch nicht vorhat, das zu ändern. Er passt nicht ins Ganze. Er ist zu fremd, zu besonders. Das weiß er. Das sehe ich seinen Augen an. Ich begrüße ihn mit einem Schlag auf die Schulter und einer kameradschaftlichen Umarmung, aber das ist genug. Mich interessiert nicht, wie es ihm geht. Durchaus zwar, was er die letzten Monate gemacht hat und wie sein Auftritt war, aber darüber können wir vielleicht auch später noch sprechen. Ich überlasse ihn Joana und widme mich stattdessen Jason, einem dürren, langhaarigen Kerl, den wir irgendwann plötzlich kannten, und zerre ihn mit auf eine Zigarette, damit er mal ein wenig aus sich herauskommt.

Draußen vor der Tür ist auch Frank anzutreffen, Jasons redselige bessere Hälfte. Sie waren einmal ein Paar, aber sie machten einvernehmlich Schluss und sind nach wie vor unzertrennlich.

Ich weiß bis heute nicht warum, aber dieses skurrile Pärchen hat uns vom ersten Augenblick an geliebt. Wir sind uns vor Jahren bei einem Stadtfest über den Weg gelaufen, rotzehackevoll und durchgefeiert, und sie wollten wissen, wo man um diese Uhrzeit noch hingehen kann. Die Straße vor unserer Studentenbude war dank der lauten Kneipen sehr belebt, also blieben wir einfach dort und schütteten noch Bier obendrauf, das uns unser Nachbar, einer der Kneipenbesitzer, schenkte, bis ich vor die eigene Tür kotzte und mich ins Bett verziehen musste. Joana aber nannte den beiden unsere Facebook-Namen und im Nu hatten wir Kontakt hergestellt. Seitdem schreiben wir uns regelmäßig und besonders Frank verwickelt uns in absurdeste Online-Diskussionen, die ich für voll nehmen würde, wenn ich 15 wäre.

Ganz widersprüchlich zu seiner gekrümmten und geknickten Haltung ist Jason ganz wach und guter Dinge, als wir ein unbefangenes Gespräch beginnen. Frank schwebt gleich auf uns zu, langes braunes Haar, auf das er stolz sein kann, glatt über den Rücken gebreitet und schmunzelt zufrieden, mit seiner obligatorischen Flasche Bier in der Hand und einer Zigarette in der anderen.

„Da seid ihr ja, wo wart ihr? Ich hab vor Ewigkeiten gefragt, wer mit eine rauchen will.“

„Hab ich gar nicht gehört", antworte ich verwundert, aber Frank winkt schon wieder ab.

„Wer war denn der blonde Kerl, der eben gekommen ist? Ist das Joanas Freund?"

Ich wende den Blick zur grün gestrichenen Bartür. Es fällt also auf.

„Das ist Marco", erkläre ich melodielos. „Er wohnt an der Autobahn, in der verlassenen Bierbrauerei."

„Das ist direkt bei mir um die Ecke", stellt Jason fest. Seine spitze Nase schaut unter seiner schwarzen Cap hervor, als er an seiner Zigarette zieht.

„Sag", drängt Frank, offenbar angestachelt von meiner vagen Auskunft. „Sind die beiden zusammen?"

Jetzt sehe ich ihn an, den kleinen, fest auf beiden Beinen stehenden, entspannten Kerl, der sich in Social Networks den gleichermaßen aristokratisch wie asozial angehauchten Titel „Bierprinz" gegeben hat, der immer unaufdringlich lächelt, wenn ich ihn sehe und eine bodenständige Ruhe ausstrahlt, so viel reifer, als ich ihn online erlebe.

„Da war mal was. Aber nein ... nein."

„Es stört dich!" Provozierend pikst er mir in die Seite. „Es stört dich, dass sie jemand anderen trifft."

„Ja, es stört mich", gebe ich widerwillig zu, versuche aber im selben Moment ein nüchternes und rationales Denken zu bewahren. „Ich glaube, er ist nicht gut für sie."

„Warum?", fragt Frank sofort und Jason schaut auf, die gleiche Frage in den grünen, etwas müden Augen, die er immer hat.

Ich lehne mich gegen die dunklen Mauersteine des *Tor* und denke eine Weile nach.

„Er ist ... zu schön", sage ich schließlich. „Er zieht zu viele Blicke auf sich. Ist sicherlich verwöhnt von Aufmerksamkeit und zu kompliziert. Zu anders."

Das ist es. Nicht ich bin zu anders für Joana, sondern Marco. Sein alternatives Denken in allen Ehren, habe ich ihn bisher als einen wirrgedankigen, unmittelbaren Menschen kennengelernt. Er kommt und geht, wann es ihm passt. Mal ist er immer da, mal verschwindet er vollends in der Versenkung und man hört nicht mehr von ihm. Mal ist er ausgelassen, dann im selben Moment hochgradig frustriert von Situation und Gesellschaft.

„Er ist zu unbeständig für sie", erkläre ich den beiden Kerlen und, mehr noch, mir selbst. „Joana ist selbst ein Windkopf. Sie braucht jemanden, der sie auffängt, niemanden, der sie noch mehr von den Füßen reißt."

„Aber sie findet ihn toll, hmm?", hakt Frank unnötigerweise nach. Sein Ton und Blick haben beide etwas Mitfühlendes. „Pass auf, wir behalten die zwei heute Abend im Auge. Und dann nimmst du sie wieder mit nach Hause, so wie immer."

Überrascht sehe ich ihn an. Meine Erklärung war lapidar, meine Worte völlig unzureichend dafür, was ich Marco gegenüber tatsächlich empfinde. Aber Frank verlangt nicht mehr. Was er sieht, scheint ihm zu genügen, um sich, trotz Marcos unbeschreiblichem Äußeren und seiner Wirkung auf andere, mit mir zu verbrüdern.

„Ich weiß es ja nicht. Ich kenne ihn nicht", fährt er fort und streicht mir sanft über den Arm, „aber ich kenne das, und wer so dreist ist, sich zwischen euch zwei Süßen zu drängen, verdient es nicht anders."

„Aber Joana will das bestimmt nicht." Was bewegt mich dazu, das zu sagen? Mein Gewissen? Altruismus? Prinzipielle Fairness oder meine Erinnerung an unser Gespräch letzte Woche? Der Wunsch, Joana glücklich zu sehen?

„Wir machen doch gar nichts Verwerfliches." Frank kommt seine lächelnde Ruhe nicht abhanden. „Wir beobachten nur, hab ich gesagt. Vielleicht ist er ja ganz in Ordnung, und vielleicht machst du dir einfach zu viele Sorgen."

Ich komme nicht dazu, zu antworten: Kay, mein bester Kumpel aus der Uni, steckt seinen Kopf aus der Tür. „Da bist du! Kommt mal rein, Lokalrunde."

Jason, Frank und ich wechseln Blicke und folgen.

Drinnen erstreckt sich der Menschenpulk vom klebrigen Tresen bis in den Gastraum. Die matronenherzliche Chefin füllt Mexikaner in Plastikgläschen auf ein Tablett, Reihen über Reihen, und Joana und andere Mitarbeiter reichen sie weiter. Wir heben einen Schnaps auf Joana, der schmeckt, wie ein deftig-scharfes Essen. Sie freut sich, mal wieder im Mittelpunkt zu stehen.

Im Laufe des Abends lichten sich die Reihen unserer Gäste. Joana hat sich mit Marco an unseren Tisch in der Ecke gesetzt, den geräumigsten Platz für eine Runde. Sie halten sich an den Händen, aber beteiligen sich rege an den Gesprächen. Als das *Tor* schließt, sind es Kay, Frank, Jason, Joana, Marco und ich, die die Bar gemeinsam verlassen.

Die Nacht ist lebendig, unsere Zungen sind gelöst und auf den Straßen tummeln sich gutgelaunte Studenten. Es ist keine Stimmung, um nach Hause zu gehen, auch wenn wir alle schon einige Gläser hinter uns haben. Ich schlage einen Absacker bei unserem ehemaligen Nachbarn vor, der habe bestimmt noch geöffnet.

Ich lästere bei Toddy über unseren letzten gemeinsamen Vermieter und kann ihm sechs Mai Tai to go zum halben Preis abschwatzen, unter der Bedingung, dass wir unser „mitgebrachtes Bier im Rucksack lassen". Verwundert stelle ich jetzt erst fest, dass Jason einen schweren schwarzen Rucksack trägt. Draußen setzen wir uns im Kreis, mitten auf die Straße. Die Tür in meinem Rücken war mal meine.

„Hier hast du mal hingekotzt", erinnert Frank mich fröhlich.

Ich muss lachen. Natürlich erinnert er sich daran.

Marco und Kay, die sich nicht erinnern, weil sie nicht dabei waren, haken nach. Während Frank zu meinem Leidwesen lebhaft die Geschichte unseres ersten Treffens erzählt, betrachte ich uns, drei Pärchen, wie sie unterschiedlicher nicht sein könnten. Joana und Marco, ein Sinnbild malerischer Schönheit und Komposition, blauäugig, romantisch und auf blumige Weise klug. Frank und Jason, einer das Gegenteil vom anderen, ein stimmiges

Ganzes mit Lachen und Launen, Stille und Zuversicht. Und Kay und mich, zwei unentschlossene Seelen mit einem jahrealten, lockeren Fundament an wortloser Sympathie.

Ich lehne mich etwas zurück und spüre seine Schulter, die nicht weicht. Als ich zu seiner weichen Wange hochblicke, frage ich mich, ob ich seine Avancen von damals nicht hätte erwidern sollen. Ob mir hier nicht ein Lebensweg durch die Lappen gegangen ist, der mich durch einige Schwierigkeiten, aber letztendlich in eine sichere und zufriedene Zukunft geleitet hätte. Und ob diese Tür für immer verschlossen ist. Ich lege meine Hand auf seine und er, als hätte er darauf gewartet, schließt seine Finger um meine, ohne mich anzusehen, dem Gespräch folgend, ganz selbstverständlich, als bedürfe nichts davon einer zusätzlichen Erklärung. So haben wir uns schon immer verstanden. Aber er verlässt uns als erster, um eine Fahrverbindung zu erwischen, die ihn nach Hause bringt.

Als Kay fort ist, ist er mir überraschend schnell wieder aus dem Sinn, was mir zeigt, dass der Weg, der sich für wenige Momente vor meinem inneren Auge aufgetan hat, ein falscher ist. Ich schließe unseren Kreis wieder, indem ich näher zu Jason aufrücke. Auch die beiden überlegen hin und her, wie sie nach Hause kommen, ein wenig aufgerüttelt durch Kays Abgang.

„Wo müsst ihr hin?", fragt Marco ruhig. Wie Kay und ich vorhin sitzen er und Joana gemeinsam da, er entspannt in der Hocke und sie mit dem Rücken an seine Brust gelehnt.

„An die Stadtgrenze", erklärt Jason. „Wohnst du nicht auch da? Du könntest mitkommen."

„So, oder wir fahren noch zu mir. Alle zusammen."

Oh nein, senkt es sich bleiern in mein Denken. Ich sehe Joana an. Die Nacht ist durchgelaugt und weit fortgeschritten. Wir sollten selbst fahren. Aber wie erwartet trifft mich ihr hellwacher Blick, der zu mir gewandt ist, um sich stumm zu beraten.

Ich überlege fieberhaft, wie ich dieser Situation entgehen kann. Ich mochte die Abende bei Marco, bis auf die Tatsache, dass sie mich wahnsinnig machten, je später sie wurden, je näher er zu Joana rutschte, je nachgiebiger sie auf ihn einging. Jetzt ist es bereits mitten in der Nacht. Jetzt sind sie schon nach außen hin beisammen. Wie weit soll das noch gehen? Wie viel werde ich mir noch ansehen müssen?

Ich fühle mich unterlegen, als Frank und Jason die Einladung in Erwägung ziehen.

„Dann aber alle zusammen", betont der Bierprinz nochmal. „Wenn einer nicht mitgeht, ist das blöd. Oder was ist mit dir?" Er schlägt mir mit der flachen Hand gegen das Knie und reißt mich aus den Gedanken. „Du siehst müde aus."

„Bin ich auch, ehrlich gesagt." Es ist nicht mal gelogen. Ich bin ziemlich durch. Der Alkohol brennt mir schwefelig auf der Zunge und mein Rachen ist wund von den Zigaretten. Es mangelt mir an Schlaf und Essen, aber dieser ganze Mix erfüllt mich mit einer irrsinnigen Sturheit meinen Zweifeln gegenüber. Man ist nur einmal jung. Man verpasst vielleicht etwas. Man möge doch einmal seine Schneckenhausschale brechen und kein Spielverderber sein.

„Ach, komm schon, Dex. Nur ein bisschen." Joana spricht lieb auf mich ein. „Ich würde auch gern noch was machen. Und dann fahren wir mit den ersten Bahnen wieder heim."

Irgendwann habe ich es bedauerlicherweise verlernt, „Nein" zu ihr zu sagen. Vielleicht wäre genau das der richtige Moment, um wieder damit anzufangen. Aber ich denke an ihre Augen, wenn ich es tue. Sie würde sich fügen, aber sie würde es mir übelnehmen, weil ich mein Vorrecht endlich ausgenutzt hätte, wenn ich darauf bestanden hätte, dass sie mit mir nach Hause fährt. Sie würde es sich merken und mich spüren lassen. Sich irgendwelche fundamentalen Konsequenzen ausdenken.

Bin ich gerade paranoid? Sehe ich in Joana gerade mit Absicht nur das Schlechte, Dominante, Kompromisslose? Sie hat nichts getan. Sie hat mich nur gebeten. Warum gefällt es mir so, dass diese Entscheidung von mir abhängt? Weil ich die Möglichkeit habe, sie voneinander zu trennen, und sei es nur für diesen Abend.

Ein Blick zu Frank und Jason. Und ich gebe mich gönnerhaft.

„Na gut. Aber ich kaufe noch schnell Zigaretten."

Joana freut sich wie ein kleines Mädchen, ehe Marco ihr langsam aufhilft. Während die anderen in die Gänge kommen, drehe ich ihnen den Rücken zu und schlurfe zum nächstgelegenen Kiosk – zum Glück hatten wir immer einen in der Straße. Dieser Augenblick gibt mir etwas Luft für mich allein. Warum fahre ich plötzlich derartige Stacheln aus? Wir sind eine junge Runde, etwas übernächtigt, aber eigentlich gutgelaunt, und die meisten wollen den Abend nicht beenden. Warum stelle ich mich so quer? Normalerweise bin ich selbst immer einer von denen, die am Ende noch stehen.

Es gibt keine Antworten, nicht jetzt, nicht hier. Hauptsache, ich halte diese Nacht irgendwie durch. Ich ziehe die Schachtel aus dem Schlitz, als sei sie mein rettendes Werkzeug.

Marco hält ein großes Taxi an, in das wir alle hineinpassen. Natürlich zahlt er. Die Fahrt verläuft unter fröhlichen Sticheleien mit dem Fahrer und untereinander. Ich ziehe mich zurück, aus dem Fenster starrend. Ich konfrontiere mich mit dem größten vorstellbaren Übel und weiche der Konfrontation doch aus, indem ich den Blick abwende.

Frank wirft mir hin und wieder aufmunternde Blicke zu.

„Schatz, willst du was essen? Vielleicht solltest du was essen."

Joana kennt meine Launenhaftigkeit, wenn ich Hunger habe.

„Nein. Nein, nein." Gerade im Moment fühlt sich der Gedanke an Essen für mich wie eine übelkeiterregende Profanität an. Ich habe weit tiefergehende Sorgen.

In der Brauerei ist der Großteil von Marcos Mitbewohnern noch oder schon wieder wach. Zwei von ihnen sickern zu uns ins schummrige Kellergeschoss. Marco lässt sphärische Musik laufen und stellt einen Laserprojektor an. Wolken von Marihuanaqualm schweben zwischen den kalten Wänden. Ich kämpfe gegen sie mit Zigarettenrauch an, der den bunten, flackernden Laserstrahlen einen weichen Teppich liefert.

Wir platzieren uns um den niedrigen Tisch. Es gibt wie immer Rotwein, mehrere Flaschen und keine billige dabei. Dafür liebe ich Marco, dass er wenigstens so fürsorglich ist, mir ausreichend Betäubungsmittel zur Verfügung zu stellen. Beim zweiten Schluck aus einem klobigen Wasserfleckenglas weiß ich, dass ich nicht mehr heil aus diesem Abend komme. Aber es fühlt sich an, als fülle der Wein meine Adern und gäbe mir so nur noch mehr Stabilität und Klarheit, als ich mich an die Couch lehne und den Hinterkopf auf die Sitzfläche sinken lasse. Joana ist bei mir, kniet bequem zu meinen Füßen. Ich lasse die Finger spitz und besitzergreifend durch ihr Haar fahren – sie mag das. Ich schweige den Großteil der Zeit, aber ich beobachte scharf, wie einer, der seine Katze streichelt, während er daran zurückdenkt, wie er einst mit kühler Feierlosigkeit seine Feinde tötete.

Es wird geraucht und getrunken, als wäre dies aus unserem Umgang nicht mehr wegzudenken. Marcos Mitbewohner, der mich mit einer Geschichte über seine Reisen durch Nordamerika langweilt, bröselt schon den zweiten grünbraunen Brocken in sein Paper. Angeblich stamme er von Indianern ab. Aha.

Warum erzählt er mir das? Glaubt er, es interessiert mich? Fühlt er sich genötigt, mich zu unterhalten?

Frank und Jason graben aus ihren Erinnerungen ein Gesellschaftsspiel, einen unverfänglichen und meines Erachtens sehr netten Zeitvertreib: „Ich hab noch nie …" Man stellt eine Behauptung auf, die besagt, dass man „noch nie" etwas Bestimmtes getan hätte. Jeder, der es in seinem Leben doch schon mal getan hat, muss einen Schluck trinken.

„Ich hab noch nie etwas geklaut."

Jeder Zweite trinkt.

„Ich hab noch nie meine Haare länger als eine Woche nicht gewaschen."

Marcos Mitbewohner, der Indianer, trinkt. Er hat Dreadlocks.

„Ich hab noch nie eine Alkoholvergiftung gehabt."

Joana trinkt.

„Ich hab noch nie an mehr als einem ungewöhnlichen Ort Sex gehabt."

Marco und der Indianer trinken. Joana und ich auch.

Häufig werden die Thesen auch einer Diskussion unterzogen, besonders von Marco, der das Spiel im Ganzen unsinnig findet. Er weigert sich, auf diese Weise Details von sich preiszugeben, was ich ihm zum einen hoch anrechne und zum anderen als Widerspruch zu seiner sonstigen Lockerheit empfinde. Es ist doch eine ziemlich dezente, gentlemenhafte Art, jemandem Dinge zu sagen.

„Ich hab noch nie daran gedacht, eine Person in diesem Raum flachzulegen."

Franks Augen blitzen amüsiert.

„Scheißbehauptung!", kommentiert Marco trocken. Er steht demonstrativ auf und setzt sich an Joanas und meine Seite auf den Boden.

Irgendwann versinkt das Spiel zwischen leisen Gesprächen der nahe beieinander Sitzenden. Ich bin mittlerweile an dem Punkt angekommen, dass ich meine Ohren überall habe.

Bei Marcos Mitbewohner, dessen Blick träumerisch geworden ist und dessen schweigsame und vermutlich ziemlich bunten Gedanken von Frank spielerisch aus der Reserve gelockt werden.

Bei Jason zu meiner anderen Seite, der mit seiner Mutter telefoniert. „Nein, musst du nicht. ... Ja, wir kommen dann irgendwann."

Heilige Scheiße, es muss wirklich spät sein.

Bei Marco und Joana, die wieder aneinander gerückt sind. Es klingt, als mache er ihr leise, ernste Zugeständnisse, während sie ihm durchs Haar streicht.

Ich will intensiver lauschen, aber sofort ermahnt mich ein harter und erbitterter Stolz. Was kümmern mich seine Worte? Joana hat eine mädchenhafte, aber aufgeklärte Einstellung zu ihm. Sie wird ihn anhören, aber er wird sie nicht von seiner Endgültigkeit überzeugen.

Ich bette meinen Kopf wieder auf das Couchpolster und schließe die Augen, den Rauch einer Zigarette ausatmend.

Geduld ist meine größte Tugend. Geduld. Irgendwann ist auch diese wirre Nacht vorüber. Irgendwann habe ich auch sie überlebt. Je mehr ich trinke und rauche, umso mehr versinke ich in chaotischen Gedanken. Im Ablauf dieses Abends. In Gesichtern. In schrecklichen Kombinationen. In laserfarbenbemalten Visionen einer magengeschwürerregenden Zukunft.

Und trotz allem ist es, als würde ich mich über all den Dreck und die Misere erheben. Als stemmte ich mich grimmig über die, die ich unter mir lasse, als zöge mich etwas an den Schultern aus dem Pfuhl der Resignation, der augenpeitschenden Demütigung, die sich vor meinen geschlossenen Augen schlecht versteckt vollzieht, weil sie harmlos gemeint ist. Wünsche schwächerer Geister? Sehnsüchte anderer, die mir schon so häufig unbegreiflich waren? Das fleischgewordene Bedürfnis nach der Nähe eines anderen des entgegengesetzten Geschlechts, das vage Versprechen in sich birgt, Möglichkeiten aufzeigt, doch so zu werden, wie alle anderen zuvor. Doch glücklich zu werden, wie alle anderen zuvor es auch geschafft haben.

Wie ich dieses Bedürfnis verabscheue.

Es sind die Hände von Frank und Jason, die mich aus dem halben Delirium ziehen. Sie liegen auf meinen Schultern, rechts und links. Das stelle ich fest, als ich ein wenig die Augen öffne. Wie sanfte Anker halten sie mich am Boden und sie schweigen, weil sie die Unnötigkeit aller Worte erkennen.

Ich wende meine Augen schnell wieder von Joanas und Marcos Kuss, der meine Gedanken ins Hier und Jetzt holt. Und mir wird klar, dass diese beiden, die da rechts und links von mir sitzen wie zwei Schutzengel und mir ihre Kraft geben, ohne dass ich darum gebeten hätte, dass das meine wahren Freunde sind. Greifbar, zu banal vielleicht, um himmelwärts strebende Ideologien zu haben, holen sie mich, machen sich bemerkbar und halten mich über dem Wasserspiegel, um mich wortlos zu retten. Sie erwarten kein Wort. Sie erwarten keinen Dank. Und ich schelte mich selbst dafür, dass ich keinen Ton herausbringe, der an sie gerichtet ist. Aber es scheint nicht von Nöten. Das Schweigen macht mir nur umso deutlicher, dass sie es jetzt, trotz all ihrer Flatterhaftigkeit, Jungköpfigkeit und Egozentrik, ernst mit mir meinen. Ich begreife sie, meine Freunde, so eigenartig sie sind. Ich wünschte, auch der Rest der Welt würde seine Vorurteile ablegen und es tun.

II:

Die Hauptstadt des Westens

In der westlichen Hauptstadt passt nichts zusammen. Wo man durch den gläsern blendenden Hof von himmelhohen Wolkenkratzern spaziert, kann einen an der nächsten Ecke die Urigkeit verschlungener Gassen und efeubewachsener Parks aus Gründerzeiten erwarten. Wo Obdachlose auf den Bänken schlafen, stolzieren junggehaltene Ladys mit iPhones in den Händen und Diamanten an den Fingern. Wo die Natur in Form einer ungepflügten Wiese einen hoffnungslosen Spross setzt, steht eine verfallene Fabrik. Stattlich renovierte Häuserfassaden nehmen sich an Graffiti-Malereien ein Beispiel. Autos stehen an üblich verdächtigen Stellen im Stau und die Fahrer quatschen lässig aus heruntergekurbelten Fenstern miteinander. Am Schnellrestaurant an der Ecke begrüßen sich zwei Schwarze mit „Heil Hitler". Und abgesehen von den Fahrradfahrern, die sich vollgerüstet durch bevölkerte Straßen kämpfen, gibt es ein dicht besiedeltes Bahnnetz, ohne das die Bevölkerung vollends aufgeschmissen wäre. Ein „zu Fuß" gibt es hier nicht.

Die Stadt pulsiert, sie ist jung oder junggeblieben, heißblütig und verrückt, und so sind ihre Menschen, die querbeet durch alle Standesschichten und Kulturregionen variieren. Promis und Penner, Beamte und Hippies, Studenten und Putzfrauen lächeln sich zu, tauschen ein Wort, reichen sich die Hand. Es herrscht eine Stimmung zwischen den Goldenen 20ern des angehenden Zweiten Weltkrieges und der futuristischen Fortschrittswelle von gegenwärtiger Vernetzung und Entkörperlichung.

Mir ist klar, dass die Menschen des Westens genauso divergierende Meinungen zu meinen Fragen haben werden, wie sie selbst sind. Aber ich setze auch voraus, dass ihr Denken fortgeschritten und alternativ ist, offen gegenüber vielen anderen Horizonten außer dem eigenen. Also stelle ich meine Fragen, allerdings mit der Wertungsfreiheit einer unbeseelten Instanz.

Die Antworten, wenn nicht kommentarlos, sind sogar diskutierend. Ich werde vor Vorwürfe gestellt, gewisse Begriffe zu eingeschränkt, zu manipulativ, zu steuernd zu verwenden und damit anscheinend harte Themen an der Grenze der politischen Korrektheit schrammen zu lassen.

Ich distanziere mich an dieser Stelle ausdrücklich davon, durch meine Auswertungen der gesammelten Antworten wissenschaftlich wertvollen oder überhaupt gültigen Anspruch zu erheben. Ich will aufzeigen, was sich in den Köpfen verschiedener Leute tut, wenn man nachbohrt und ihnen direkte Fragen in umgänglichem und für alle verständlichen Ton stellt – nicht anders, als ich es in der Hauptstadt des Nordens getan habe.

Die verwertbare Gruppe von circa 380 Befragten dieser Stadt antwortete mir fast ausschließlich über soziale Netzwerke, mit einer Ausnahme: Ein Mann aus der Generation meiner Großeltern antwortete mir per Post und sandte mir noch zwei sauber ausgeschnittene und von Hand datierte Zeitungsartikel zu alternativen Lebenskonzepten, wie sie gerade Erwähnung in den hiesigen Medien finden. Auch wenn er damit sein Urteil belegte, die Umfrage „öde" zu finden, habe ich mich über seine Antworten und sein Engagement gefreut.

18 % der Befragten haben eigenen Nachwuchs.

0 % haben ihren Kindern meine Fragen gestellt.

56 % aller bekennen sich als Fans von Fantasy und Science-Fiction und setzen sich gern mit romantisierten oder futuristischen Ideen auseinander.

50 % der Befragten sind zur Zeit der Umfrage in festen Händen.

78 % davon geben ausdrücklich an, glücklich damit zu sein.

Bei der Bitte, die Begriffe „Mann" und „Frau" mit drei spontanen Worten zu definieren, zeigte sich wieder die Tendenz, die beiden Geschlechterbilder in ein aktives (Mann) und passives (Frau) Licht zu rücken:

61 % unterteilen in klassifizierende Wesensattribute, wie „lieb, süß, herzlich" bzw. „stark, mutig, Gentleman".

33 % benennen die Geschlechter in rein wissenschaftlicher Terminologie, wie etwa „Weiblicher/Männlicher homo sapiens".

22 % differenzieren nach den für sie gewohnten sozialen Rollen: „Mutter, Schwester, Tochter" oder „Vater, Beschützer, Geldverdiener".

6 % tun sich schwer darin, einen Unterschied zu markieren und finden keine Worte dafür, die ihnen passend erschienen.

Auf die Frage, ob sie die Behandlung von Männern und Frauen in ihrer Stadt als gleichberechtigt empfänden, ganz gleich in welchem Lebensbereich, wurde wie folgt geantwortet:

56 % geben an, dass Unterschiede herrschen.

33 % glauben an weitestgehende Gleichbehandlung.

83 % sympathisieren in Fragen der Emanzipation grundsätzlich mit Frauen.

39 % (auch) mit Männern.

17 % unterstreichen, dass sie in solchen Fragen oft ihren eigenen Standpunkt wählen, der je nach Lage speziell variiert.

Allgemein herrscht aber unter den Befragten der Konsens, dass kein Mensch wegen seines wie auch immer definierten Geschlechts irgendeiner Kritik unterliegen solltet. In einer Gesellschaft wie der ihren sollten Menschen als Menschen begriffen werden und nicht als „Männer" und/oder „Frauen".

78 % der Befragten orientieren sich laut eigener Aussage heterosexuell.

22 % als anderweitig, wobei die Antworten hier von Kommentarlosigkeit über Nachdenklichkeit bis zu konkreten Aussagen wie „Bi" oder „Queer" reichen.

50 % finden keinerlei Anstoß an gleichgeschlechtlichen Partnerschaften.

44 % befürworten sie sogar mit offenen Armen voller Akzeptanz. 17 % sehen die Vorstellung einer nichtstandardisierten Beziehung als problematisch – die neue „Norm", sich seinen Partner nicht primär nach dem Geschlecht, sondern nach der Chemie oder anderen Interessen zu wählen, müsse sich erst durchsetzen, wobei sie auf der anderen Seite vor allem auf eine Mauer aus Angst stoßen, Angst davor, etwas bisher Nichtgehabtes zu akzeptieren.

6 % distanzieren sich weitestmöglich von der Vorstellung, sich einen Partner des nicht-entgegengesetzten Geschlechts zu nehmen und/oder davon, dem gängigen Mann-Frau-Gefüge zu entgehen.

39 % der Befragten erzählen von ein bis fünf Bekannten oder Freunden, deren alternative sexuelle Orientierung, Denkweise oder Einstellung ihnen bekannt ist.

33 % haben sogar mehr als zehn solcher Kontakte.

17 % bewegen sich in einem Rahmen mit bis zu zehn bekannten Personen.

11% geben an, keinen Menschen zu kennen, auf den diese Frage anzuwenden wäre.

50 % der Befragten haben einen regen Austausch mit der Generation ihrer Eltern, was alternative Lebenskonzepte betrifft.

33 % erörterten das Thema im Kreis der Älteren knapp.

17 % gar nicht.

Der Generation meiner Eltern ist spürbar anzumerken, dass sie ihre eigenen Eltern für deren Verschlossenheit und Ablehnung kritisiert. Meine Generation selbst steht den bisherigen Fragen in den seltensten Fällen negativ gegenüber, und wenn, dann aus tief verankerten kulturellen Gründen. Die Mehrheit erzählt gern von sehr weltoffenen und toleranten Eltern. „Meine Mutter wäre stolz, wenn eine ihrer Töchter lesbisch wäre", berichtet eine junge Frau. Es zeichnet sich also ein ziemlich klares Bild von generationsbedingt strikt unterschiedlichen Auffassungen.

72 % der Befragten kennen das Phänomen in der Pubertät, sich zum gleichen Geschlecht hingezogen zu fühlen.

61 % haben das nicht am eigenen Leib erfahren.

33 % kam eine solche Phase persönlich unter.

28 % haben noch nie von einem solchen Vorkommen gehört.

Allmählich beginnen die Diskussionen und der Austausch. Meine Generation hält sich in den Kombinationen „kenne ich/hatte ich nicht" und „kenne ich/hatte ich" fast die Waage. Die Generation meiner Eltern hat auch davon gehört, trifft aber kaum bis gar keine persönlichen Aussagen. Die Generation meiner Großeltern trifft gar keine Aussagen, sondern weitet das Thema aus, zum Beispiel auf den Bereich der Zoologie. Der Herr erzählt in seinem Brief, dass eine solche Orientierungsphase auch „bei den meisten Tieren" zu beobachten sei – als wäre dies etwas biologisch längst Bekanntes und Häufiges.

Fordert man die Befragten nun auf, an eine Trans*-Person zu denken, zeigen sich folgende Ergebnisse:

61 % zeigen fast gar keine Regung und werten nicht anders, als im Falle einer Nicht-Trans*-Person.

33 % denken mitunter gleich an die aktuellen Probleme, die ein etwaiger Geschlechts- und/oder Identitätswechsel mit sich bringt. Sie haben das Bild von Ausgrenzung und Mobbing im Kopf, die nicht zum kleinen Teil auf Stereotypen fußen, die von zeitgenössischen Medien wie Kabarett oder Comedy geprägt worden sind, und sind sich bewusst, dass die Lächerlichmachung des Phänomens ein Weg sein kann, einer gesellschaftlichen Degradierung zu entgehen.

11 % zeigen kein Verständnis dafür, sich und seinen Körper in hohem Maße zu verändern.

Hierbei fällt in den Kreisen meiner Elterngeneration verhaltene Faszination auf, ein fragendes Interesse und weitgehendes Verständnis. Repräsentanten meiner Generation kennen selbst den einen oder anderen Geschlechtswechsler persönlich und können aus erster Hand berichten – gleichermaßen sind sie sich aber der vielen Problematiken und Auseinandersetzungen mit diesem Thema bewusst.

Beide Generationen denken über generelle Transformation nach und stellen ihre Not, ihre Motive und ihre Möglichkeiten zur Diskussion.

Auf die Bitte hin, den Ton ihres kulturellen Umfelds auf Toleranz und Umgang mit alternativen Lebenskonzepten einzuschätzen, geben die Befragten diese Antworten:

50 % sagen, dass in ihrem Lebensraum weitestgehend akzeptable Umgangsformen herrschen. Sie sprechen in diesem Zusammenhang aber auch von einer „Periode" oder „Phase", als beträfen Diskussionen und Reformen bisher nur einzelne Prozesse und keine generelle Lebenseinstellung.

33 % zeigen sich einverstanden und zufrieden mit dem Denken und Handeln ihres Umfelds.

33 % sehen große Schwierigkeiten und Vorurteile, die ihre Gesellschaft prägen.

Generell wird hierbei wieder gern nach einzelnen Lebensbereichen unterschieden. Die Generation meiner Großeltern betrachtet die aktuellen Diskussionen um Identität und Sexualität von einem nüchternen und wissenschaftlichen Standpunkt aus, wie eine gesellschaftliche Bewegung, die irgendwann ihren Rahmen finden wird. Auch die Generation meiner Eltern ist sich der stetigen Ablehnung bewusst, zeigt sich aber weitestgehend tolerant und in vielen Fällen interessiert. Meine Generation schätzt sich selbst als die toleranteste ein. Intoleranz sei eine Ausnahme, heißt es zwischen ihren Zeilen. Sie ist vertraut mit gegenwärtigen Hürden, aber sie distanziert sich von ihnen.

56 % der Befragten würden, wenn sie plastisch-chirurgische Leistungen ihrer Wahl zur freien Verfügung hätten, sie für den kosmetischen/optischen Bereich verwenden.

28 % wiederum würden das Angebot nicht wahrnehmen, ob aus Zufriedenheit mit sich selbst oder Ideenlosigkeit.

17 % würden sie gegen medizinisch-chirurgische Leistungen eintauschen, um ihre körperliche Lebensqualität zu verbessern.

17 % würden die Leistungen verschenken, an jemanden, „der sie wirklich braucht".

Niemand kommt ausdrücklich auf die Idee, die Leistungen dazu zu benutzen, um zu experimentieren und Dinge zu probieren, auf die man bisher glaubte, keinen Einfluss zu haben. Am wichtigsten scheint es, das bereits Bestehende aufzuhübschen oder zurückzuverjüngen. So sprechen meine Eltern- und Großelterngeneration von medizinischen Eingriffen und der Beseitigung von Alterserscheinungen, wobei meine Generation sich eher nach ihren Vorstellungen eines idealen Aussehens richtet, das auf Mode und/oder ihren eigenen Komplexen basiert. Auf der anderen Seite sind viele ihrer Vertreter sehr zufrieden mit sich selbst und denken an ihre bedürftigen Mitmenschen.

Klammert man jedoch die medizinisch-realistische Komponente aus und bietet den Befragten eine imaginierte Möglichkeit, sich in jemanden oder etwas anderes zu verwandeln, wächst die Bereitschaft, aber auch die Ablehnung:

61 % möchten sich gerne mal verwandeln, zum Beispiel in einen Helden, den sie sich als Kind ausgedacht haben, oder sogar in einen „Gestaltwandler", damit sie diese Möglichkeit „nach Lust und Laune" immer wieder hätten.

33 % bleiben lieber sie selbst oder wünschen sich eine Besserung bestimmter Laster oder Eigenschaften, zum Beispiel Unsicherheit, Krankheit oder Unausgeglichenheit.

22 % interessieren sich für eine Verwandlung in das andere Geschlecht.

Je älter die Befragten sind, umso vorsichtiger sind sie mit ihren Wünschen. Sie wählen Tiere als ihre bevorzugte Form oder sich selbst als „Update" ohne Gebrechen. Sie halten fest an ihrem Los und wollen in den wenigsten Fällen ihre Erfolge, Familien und Gewohnheiten hergeben. Je jünger sie werden, umso mehr wächst sonnige Selbstzufriedenheit und auf diesem Fundament auch die Lust zu Experimenten. Sie nehmen diese Frage mit dankbarem Interesse auf, sie macht sie nachdenklich.

In den belebten Straßen der Hauptstadt des Westens kocht freundliches, weltoffenes und herzliches Blut, das Touristen, Studenten und Wohltätern gehört. Vorurteile, Borniertheit und Skepsis blicken ihnen entgegen, durchaus lebendig, aber sie sind sich ihrer Verdrängung durch den Zeitgeist bewusst, der sich in sozialen Netzwerken genauso wohlfühlt, wie bei einem Blick von Angesicht zu Angesicht. Probleme, die viele Grundmauern erschüttern, die unsere Vorfahren geschaffen haben, sind präsent und werden mutig und mit viel Interesse angepackt. Es gilt, sich zu sammeln und gemeinsam stark zu sein, für eine sich am Horizont anbahnende Gleichheit unter allen. Für eine blumenreiche Zerschlagung dessen, was uns an scheinbar Unabänderliches fesselt.

12:

Die schwarzen Flügel

Graues, kühles Morgenlicht stiehlt sich schwach auf meine Netzhaut, durch das winzige, dicht vergitterte Kellerfenster. Noch ehe ich richtig wach bin, werfe ich einen routinierten Blick auf mein Handy.

Eine SMS von Frank: „Wir sind schon mal los ... kommt gut nach Hause. Und ich bin immer für dich da, wenn du was brauchst, weißt du ja."

Mein Schädel dröhnt so monoton, dass es mich schon gar nicht mehr stört. Die alte Lily hat ihr graues Straßenköterkinn auf meinen Beinen abgelegt und dämmert, hin und wieder schnaufend, vor sich hin.

Dann dringen sie zu mir durch, wie durch eine Wattewand, verhaltene Bewegungen auf Stoff, Joanas Stimme, leise, zart und jung, in der Blüte ihrer Weiblichkeit. Sie waren schon vorher da, diese Laute, das wird mir jetzt klar, sie haben sich in meine wirren Träume gestochen und sie grüßen mich in der metallenen Gegenwart eines metallenen Morgens.

Ein Blick über die Couchlehne. Ich werde, was ich sehe, niemals vergessen. Langsam wachwerdend, ohne Zeit für eine innere Wappnung, eine Vorbereitung auf die Verwüstung meiner Zukunft. Benommen streife ich Lilys Schnauze von meinen Füßen ab und kraule unbewusst dem nach Regenwasser riechenden Kopf der Hündin. Ich habe keine Worte, sie sind mir versiegt, bevor ich sie formulieren konnte. Mit tauben Fingern prüfe ich eine gequetschte Zigarettenschachtel, die vor mir auf dem mit Asche, Marihuana-Bröckchen und Plastikstreifen von Weinverschlüssen zugekrümelten Glastisch liegt. Sie ist fast voll. Jetzt gehört sie mir.

Eine Zigarette wie eine Granate in der Hand setze ich mich leicht auf und sehe mich um.

So wie er seine feingliedrigen Finger über Joanas nackten Rücken streichen lässt, hätte er ebenso gut aufstehen und mir drei Kugeln ins Herz jagen können.

Ihre Gesichter sind von mir abgewandt, seines bald bedeckt von einem langen Kuss, den Joana majestätisch und zart auf seine Lippen senkt. Wie ein Geier, der sich nicht sattsehen kann an der speicheltreibenden Faszination von Tod und Verwesung, sehe ich das Paar an und bin für einige Augenblicke entkörpert. Ich betrachte ihre Schönheit, zusammengeschmolzen zu etwas Weltbewegendem, jetzt, da sie sich allein glauben. Die Sanftheit, mit der sie miteinander umgehen. Einer Zündschnur gleich brennen sich ihre Konturen in mich, eine Feuermarkierung, ein Tattoo auf meinem Inneren.

Ich drehe mich wieder um und starre unzählige Minuten zur anderen Seite des Zimmers, und sehe doch nichts.

Er hat sie gewonnen. Er hat sie mir geraubt. Sie, die immer abstritt, zu mir zu gehören, hat das zugelassen. Ich, der ich Joanas Komplementärteilchen bin, soll sie nun an ihn verloren haben? An einen wankelmütigen Halbreaktionär, der auf der krankhaften Suche nach jemandem ist, der ihm seine Lücken füllt und seinen Dreck an Verwirrung und Gedankenmüllerei schluckt?

Ich wechsle einen Blick mit Lily, die schnaubt, und zünde mir endlich die Zigarette an. Mit dem ersten Zug fühle ich, wie heißes, flüssiges Metall mein Herz füllt und es verhärtet. Gerädert und neu gestärkt arbeitet es maschinell weiter und pumpt mir das Metall in die Venen, verdrängt all mein Blut, das sich dem Paar zu Füßen verteilt.

Dann sei es so.

Ich blicke durch die kleinen Öffnungen des Fenstergitters und schöpfe mehr und mehr Gräue aus der kalten Morgensonne, während mein Körper sich damit füllt. Ich merke, wie in meinen Gedanken Erinnerungen sich von mir distanzieren, als gehörten sie zu jemand anderem. Wie meine Werte, an denen ich bisher festgehalten habe, verblassen und sich damit meine Träume und Ängste auflösen. Es ist kein Platz mehr für sie, neben und zwischen all dem Metall. Etwas wächst in mir, etwas baut mich von innen heraus so wieder auf, dass mir nichts mehr etwas anhaben kann. Mit doppelter Wucht wappne ich mich jetzt mit meinen letzten Reserven gegen das, was kommt und ich weiß, dass ich, um zu überleben, vergessen muss, wer ich war und umarmen muss, zu wem das Leben mich gemacht hat.

Ich vergesse meine Abstammung und meine Nationalität. Ich vergesse meinen Körperbau. Ich vergesse das, was mir immer Angst gemacht hat und was mich gehemmt hat. Ich vergesse Elias und alle, die ich jemals gewesen bin, zugunsten von etwas Neuem und Blankem, vergesse meinen Alltag und meinen Namen. Und zuletzt, als ich mein Geschlecht vergesse, bricht das flüssige Metall durch meine Schulterblätter und bildet unbrechbare Knochen, frei schwebend in der nikotingeschwängerten Luft: Ein Flügelskelett, das ich mir selbst schenke, das schon immer in mir verborgen lag, das ich nun aber als letzten Schutz brauche.

Die schwarze Haut, die die Flügel umspannt, ist an vielen Stellen unbrauchbar und gerissen. In schmutzigen, verstaubten Fetzen hängt sie mir von den quecksilbernen Knochen. Jedes Loch ist eine Ablehnung, jeder Riss ein „Nein", jede Delle und jeder Fetzen ein Kuss oder ein „Niemals". Und die Kraft, mit der ich die Flügel, mit denen ich nicht mehr fliegen, aber mich selbst immer noch schützen kann, ausbreite, ist der lebendige Beweis dafür, dass ich sterben musste, weil ich das Ende von allem nicht ertragen habe.

Meine Arme und Beine erstarken. Meine Schultern straffen sich, falten sich auf. Ein Windzug zieht durch mein Haar, als ich mit den Flügeln schlage und sie aufspanne. Neu erwacht und geformt aus einem mit Gewalt zusammengepressten Haufen aus Traum- und Gefühlsschrott bin ich aufgestanden und fühle mich schwerelos und gewichtig.

Ich bin ein neues Wesen, aus den besten, ausdauerndsten und stärksten Eigenschaften gebaut, die ich innehabe.

Als hätte mein Flügelschlag sie aus ihrem liebesversunkenen Schlummer geweckt, spüre ich Joana und Marco hinter meinem Rücken zu Sinnen kommen und lasse meine Zigarette in den Aschenbecher fallen, wo sie glimmend erlischt.

„Oh, guten Morgen", sagt Joana, verlegen lächelnd, ihre braunen Locken fallen ihr wirr über die bloßen Schultern, als sie sich in ein Laken hüllt. Ich sehe das, ohne hinzusehen.

„Morgen", brummt auch Marco.

Ich stehe auf und mustere Joana über die Schulter ohne eine Regung. Sie sieht aus, wie eine Braut nach einer Hochzeitsnacht, das Weiß um ihre weiche Haut, gesunde Röte auf den Wangen, Perlen im zerwühlten Haar. Ich spüre den Impuls kaum, sie erregt niederzuringen und ihr zu zeigen, wem sie gehört.

„Guten Morgen", höre ich mich stattdessen sagen. Meine Stimme klingt, als hätte das Quecksilber meine Stimmbänder ummantelt. „Wir sollten los."

„Wir dachten, du schläfst noch", setzt Marco an, während Joana gelöst ihre Klamotten vom Vortag zusammensucht.

Ich sage nichts dazu, packe meine Habseligkeiten zusammen und zünde mir eine frische Zigarette an.

„Ich warte draußen", lasse ich die anderen wissen und ohne eine Antwort abzuwarten, verlasse ich das Kellergeschoss.

Je näher ich dem Tageslicht komme, das durch die schwere, milchglasbehauene Tür des Brauereigebäudes fällt, umso mehr schnürt mir etwas Unsichtbares die Luft ab. Gen Ende des Flurs werden meine Schritte immer zielstrebiger, immer hastiger. Ich reiße die Tür auf und rette mich in den Tag.

Was ist hier gerade passiert? Wieder normal atmend setze ich mich auf den Treppenaufgang aus Beton und vergrabe die Finger in den Haaren. Ich fühle mich entblößt, getrieben, berstend und mächtig. Ich sehe die kurzen Bilder dieses Morgens, wahr und imaginiert, in einer übelkeiterregenden Folge vor meinem inneren Auge in Dauerschleife. Wie erhärtender Zement gießen sie sich in meinen Verstand, eine zähe und schwere Masse, die ich mit atemloser Leichtigkeit schultere.

Ich friere, obwohl die Sonne scheint und ich trotze der Gänsehaut gern, ich nehme sie sogar auf, wie den Streif eines verblassenden Traumes, der mir beweist, dass meine Metamorphose Wirklichkeit gewesen ist. Aber auch ihren Auslöser sehe ich leider deutlich vor Augen. Doch ich bin fern eines gebrochenen Herzens, ich spüre keinen Drang zu wüten oder zu weinen und ich tue mir selbst nicht leid. Ich fühle mich gespalten und ganz, einsam und genügsam mit mir selbst, wie der letzte Mensch auf Erden, der erkannt hat, dass er längst allein ist. Grenzen und Hindernisse, die mich im Alltag beschäftigten, erscheinen mir jetzt nichtig und banal. Ich kann, ich will mich über sie hinwegsetzen. Ich bin allmächtig in diesem Moment, ungeachtet aller Konsequenzen; und das Beste ist, dass niemand davon weiß.

Ich weiß nicht, ob es Minuten oder Stunden waren, bis Joana sich zu mir gesellt. Sie setzt sich neben mich, nimmt mir seufzend die Zigarette aus der Hand und zieht daran. Ich sehe sie an, betrachte ihr schönes Gesicht unverblümt wie ein Neugeborenes und sehe, dass sie sich schwertut, die richtigen Worte zu finden. Aber es kümmert mich nicht. Sie ist auch schön, wenn sie schweigt. Ich will sie im Brauereitank ertränken und den Geruch des fremden Mannes von ihr abwaschen.

„Willst du noch Tschüss sagen?", fragt sie schließlich, ihre Stimme geführt von Vorsicht und Gewissensbissen, mit denen sie kämpft.

Ich verurteile sie nicht, als ich ihre Augen betrachte, die mir tiefsinnig und zugeneigt in aufrichtiger Sorge entgegensehen. Sie lebt ihr Leben, so gut sie kann. Ich war es, der Dämon, der ihr Ketten anlegte, weil er Angst um seine Vorherrschaft hatte. Jetzt aber, da alles jenseits des Irdischen für mich ist, reiche ich ihr in meiner Vorstellung die Hand, schlinge meine Flügel um sie und ziehe sie mit auf meine Höhe, nach jedem Sturz, nachdem sie leiden wird, nach jedem, den ich vermeiden werde.

Ich höre mich nur dumpf auflachen und spüre mich aufstehen, um endlich dieses ungeliebte Gelände zu verlassen. Fast verwunderlich, dass Joana mir wortlos folgt. Aber irgendwas außer ihr hält mich noch hier. Ich bin noch nicht fertig mit diesem Ort.

„Ich habe meinen Mantel vergessen", teile ich Joana mit. Plötzlich spüre ich den Drang, noch einmal an die Stätte meiner Verwandlung zurückzugehen, sie nochmal aus dem Blickwinkel eines Menschen zu sehen, der wiederkehrt.

„Dann los", antwortet sie unkompliziert.

„Bleib hier. Ich bin gleich da", weise ich sie an, wissend, dass sie noch meine brennende Zigarette hält, verschwinde ich wieder im Flur.

Wie zuvor zum Ausgang hin werden meine Schritte zum Keller immer schneller. Ein Zeichen setzen, ein sauberes Ende für einen geschliffenen Neuanfang. Ich hämmere gegen die feuerfeste Tür.

„Marco!"

Er öffnet bald, blickt mich verwundert an aus seinen seelenerzählenden blauen Augen. Er hat sich angezogen und riecht nach nadelwaldigem Aftershave.

„Huch, hast du was vergessen?"

„Ja. Meinen Mantel." Ich setze einige rasche Schritte in sein Geschoss, durchmesse die Küche, den Blick nach vorn gerichtet, als hinge davon mein Leben ab. In seinem Zimmer bleibe ich abrupt stehen. Nach dieser Perspektive habe ich mich verzehrend gesehnt. Lily, zusammengerollt auf der Couch, auf der ich geschlafen habe – und gestorben bin. Dahinter das Bett, ungemacht, ein stummer Zeuge ihrer Zweisamkeit. Wie es wohl riecht, wenn sich ihr frischer Schweiß mit seinem vermischt hat? Ob die Laken noch die Spuren ihrer Hände zeigen?

Mein Mantel hängt über der Couchlehne, wie ich ihn gestern Abend abgelegt habe. Ich ziehe ihn an und nehme mit den Augen Abschied von dem Raum, dem ich schwöre, ihn nie wiederzusehen.

Dann trete ich zu Marco zurück, in die Küche. Er leert gerade ein Glas Wasser und mustert mich danach großäugig, wie ein Welpe, der nicht versteht, was er falsch gemacht hat.

Ich nicke ihm abschließend zu.

„Danke", sage ich straff, „für die Gastfreundschaft gestern. Schlaf dich aus."

Und bevor ich gehe, um Joana nach Hause zu bringen, greife ich ein Messer und tue, was getan werden muss.

13:

Die Witwe auf dem Berg

Einen Monat später kehren wir wieder in die Stadt des Professors zurück, um unsere Familien zu besuchen. Ich verbringe den ersten Abend bei meinen Eltern, um am nächsten Joana abzuholen und mit ihr in die Stadt zu fahren. Wie früher, als wir noch jung waren.

Jung. Dieses Wort erscheint mir plötzlich so vielsinnig. Auch wenn ich mich alterslos fühle und beizeiten auch so aussehe, fühle ich mich nicht mehr jung. Viel ist passiert, viele unbedeutende Jahre sind vergangen, in denen ich mich versteckte, mich zurücknahm und nur die Hälfte von dem lebte, was ich hätte haben können. Seit einiger Zeit habe ich beschlossen, das zu ändern.

Wie ein treuer Schatten steigt mein neues Alter Ego, diese dürre, große Gestalt mit einem lebensgezeichneten, aber jungen Gesicht und zerfetzten Flügeln, hinter mir aus dem Auto. Ich sehe es, ich sehe mich. Doch wenn wir uns im Fensterglas spiegeln, sehe ich nur eine Person. Stumm und mit geschärften Sinnen sitzt es mit mir am Tisch meiner Eltern und ergreift für mich das Wort, wenn es besonders abgewogen, resolut oder ehrlich sein soll, es wählt Worte, die barsch rüberkommen könnten, wäre da nicht sein Blick in die Augen seiner Gesprächspartner, seine nüchterne, gesetzte Offenheit, die es mit mir teilt und im anderen keinen Zweifel daran lässt, dass das, was es sagt, Sinn ergibt.

„Wie geht es Joana?", fragt meine Mutter wie jedes Mal. Sie steht an der Küchenzeile und wäscht seit 20 Minuten denselben Salatkopf.

„Gut."

„Gibt es etwas Neues von eurem Marco?"

Ich sehe sie an. „Nein. Er hat sich nicht mehr gemeldet."

„Bist du eigentlich eifersüchtig?"

„Nein", lüge ich nachdenklich.

„Doch", antwortet mein Freund. „Aber das ist ganz normal. Sie wäre bei mir auch eifersüchtig."

Meine Mutter macht ein bedauerndes Gesicht. „Ach je. Aber es wird sowieso mal Zeit, dass du auch jemanden kennenlernst."

Ich habe jemanden kennengelernt, denke ich, und dieser jemand würde euch nicht gefallen.

Am nächsten Tag breche ich am frühen Abend auf. Es ist fast Sommer, die umliegenden Siedlungen liegen noch in Sonnenlicht und schon in saftigem Grün. Diese Jahreszeit mag Joana neben dem goldenen Herbst am liebsten. Alles steht in voller Blüte, pulsiert von Leben. Die Winde sind warm, auch nachts. Die Luft riecht nach Gras und Wärme. Wenn sie an solchen Tagen draußen ist, fühlt sie sich frei, durchdrungen von Lebenslust und Motivation.

Auf dem Weg zum Haus ihrer Eltern nehme ich einen Umweg über das Universitätsgelände, das lange Zeit der Arbeitsplatz des Professors war. Ein dichter Laubwald, reich an Beeren und Pilzen, hier und da durchsetzt von einem bescheidenen Laborhäuschen oder einem Campusgebäude. Selbst der klotzige, grau-grüne Bau, der die Büros der Dozenten beherbergt, wirkt nicht fehl am Platz, weil der Wald sich umarmend um ihn schließt. Neben einer verfallenen Hütte hatten sie ein Gehege mit echten Fledermäusen gehabt, die ich damals streicheln durfte. Im hinteren Bau, in der Bar unter der gläsernen Kantine, haben wir Grillspieße mit Paprika gegessen, weil ich als Kind einmal unbedingt essen gehen wollte und meine Eltern knapp bei Kasse waren.

Auf dem Teich gegenüber, den man vom Fenster der Bar gut sieht, haben Joana und ich im Winter Eisklotzweitwurf gespielt. Ein Kind sah fasziniert dabei zu, wie die Eisstücke, die wir vom Rand lösten, über dem Eis der Teichmitte zersplitterten. Ich kam mir ziemlich gut dabei vor.

Auf einem Wiesenvorsprung vor dem Block, in dem sich einst das staubig riechende, gemütlich vollgestellte Büro des Professors befunden hatte, steht seit der Gründungszeit der Universität eine Statue, die eine Gruppe junger Leute zeigt. Biologiestudenten, Männer und Frauen, mit Körben in den Händen und Büchern auf den Armen. Ein Junge mit Jagdmessern. Ein Mädchen mit Mikroskop. Sie sind alle aus dunklem Stein geschlagen, ihre Gesichter glänzen marmoriert in der Sonne. Eine Parole auf dem Fuß der Statue besagt „Geschlechtlich konzentriert".

Ich kenne diese Statue fast mein Leben lang. Im Klee zu ihren Füßen habe ich mit anderen Biologenkindern oft Fangen gespielt. Aber noch nie habe ich mir um ihren Slogan Gedanken gemacht, zumindest nicht so wie jetzt.

Seinerzeit stand dieser Campus für herausragende Gleichberechtigung ein. Hier konnten Männer und Frauen zusammen studieren, wenn sie auch auf verschiedene Flügel aufgeteilt wurden. Allein die Idee, beide Geschlechter auf einem Gelände zu begrüßen, war damals eine gewagte Neuerung. Heute ist diese Universität eine Universität wie jede andere, die Trakte und Seminarräume werden ohne Unterschiede genutzt. Einzig die Statue blieb erhalten, als stummes Mahnmal einer Mentalität, die das akademische Völkchen der Stadt des Professors damals, fortschrittlich und vorsehend, an den Tag legte.

Gefangen in Erinnerungen an meine Kindheit fühle ich mich dazu gezwungen, den dunklen Block einfach zu betreten, wie ich es früher gemacht habe. Ich war hier immer willkommen. Wenn ich leise war, durfte ich durch die Gänge streifen, von den giftgrünen Treppenhausgeländern rutschen oder die Schmetterlingkollektion in der Aula anschauen. Es war trotz seiner großen Fenster und wild bewachsenen, immergrünen Wintergärten ein düsteres und abenteuerliches Gebäude, in dem es Spaß machte, sich aufzuhalten. Jetzt aber kommt es mir vor, als läge die Mauerlast der gesamten Vergangenheit dieser Universität auf meinen Schultern, während ich durch die backsteinverkleideten Flure ziehe.

Es ist Wochenende, der Komplex ist leer und doch sind die Türen offen für Forscher, Dozenten und besondere Enthusiasten. Ich sehe niemanden auf den Gängen. Keine Stimmen dringen gedämpft durch dunkelgrüne Bürotüren. Und trotzdem fühle ich mich beengt und fehl am Platz, egal wohin ich trete oder was ich berühre, als würde der Flur sich wie eine leere Zahnpastatube zusammendrücken und mich herausquetschen wollen. Der Boden, mit grauem, anti-rutsch-genoppten Linoleum abgedeckt, flüstert mir mit jedem Schritt zu: „Du bist nicht Mann. Du bist nicht Frau. Du gehörst nicht hierher."

Ich fahre zusammen, als sich Stimmen und Schritte nähern. Zwei Kollegen unterhalten sich über einen laufenden Laborversuch. Ich drücke mich flach an die Wand und halte die Luft an wie ein gehetztes Tier in der Falle.

Der Komplex hat recht. Ich gehöre nicht hierher. Irrational packt mich die Angst vor dem aufgeflogenen Verbotenen. Was ist, wenn sie mich sehen? Egal, ob Damen- oder Herrentrakt, ich darf hier nicht sein. Ich gehöre in keine weltlichen Mauern, die auf dem Gedanken gebaut wurden, Andersartiges auszuschließen.

Die Sprechenden passieren mich, ohne mich überhaupt zu bemerken. Es sind ein Mann und eine Frau.

Fluchtartig verlasse ich den Block, ohne mich noch einmal umzusehen. Wieder draußen im Wald zieht es mich am Campusgelände vorbei, rasch über die vielbefahrene Straße auf die andere Seite, wo der Wald noch dichter wird und sich Nadelbäume unter die Laubbäume mischen. Ein einziger, gerader Schotterweg führt mich voran. Abgesehen davon sind die grünen Vorstadtdschungel rechts und links noch weitestgehend unberührt. Hier soll es freilebende Füchse geben und sogar Wildschweine. Als Kinder sollten wir uns nie zu weit in diesen Teil des Waldes wagen – schon gar nicht bei Einbruch der Dunkelheit.

Hier komme ich langsam wieder zur Ruhe. Dass meine Beine mich immer weiter vorantragen, immer weiter weg von dem ursprünglichen Ziel, merke ich gar nicht, so überwältigt bin ich von der wehenden, warmen Stille der Natur, die so kurz hinter der Autobahn bereits so wattig ist. Ginge ich vom Weg ab und verliefe mich im Hain trockener Kiefern, es würde mich nicht stören. Außerdem habe ich mich immer gefragt, was am Ende des Schotterweges liegt und es nie erfahren: Wann, wenn nicht jetzt, soll ich es herausfinden?

Ich folge den kreideweißen Steinchen durch die eigenwillig rhythmische Musik des menschentleerten Lebens um mich herum. Oben in der Tanne hämmert ein Specht. Zikaden zirpen der untergehenden Sonne entgegen. Hier und da knackt ein Ast, obwohl ich mutterseelenallein bin, als würden neugierige Geister meinen Weg begleiten. Und da, da geht der Schotterweg um eine Biegung, einen kleinen Ahornhain säumend, und beginnt anzusteigen. Er wird plötzlich steil, meine Schritte werden entsprechend langsamer, abgebremst von der Neigung, aber nicht weniger zielstrebig. Und als ich den Hügel erklommen habe, schwitzend und außer Atem, ist die kleine Stadt unter mir, in der ich aufgewachsen bin, ruhig im Rotgold der untergehenden Sonne gebettet.

Erschlagen und überwältigt von der idyllischen, liebevollen Aussicht, die sich mir bietet, erkenne ich erst auf den zweiten Blick die schwarzgekleidete Gestalt in der Nähe des Abhangs. Eine Frau in einem schwarzen, rüschenbesetzten Kleid mit weiter Schleppe, die sich über Gras und Steine breitet, sitzt dort. Ihr dunkles, gelocktes Haar fällt ihr auf den kräftigen Rücken, auf dem Kopf ein edler, schwarzer, breitkrempiger Hut.

Joana in Trauer.

Wortlos mache ich einen Schritt auf sie zu, ängstlich fast, dass sie aufschreckt und fällt, wenn ich zu laut bin.

Warum ist sie hier?, frage ich mich, und kurz drohen Erinnerungen an den vergangenen Monat mich aus dem Frieden und der Romantik des Bildes zu reißen. Die Dunkelheit von Marcos Keller, sein Blut an mir. Daher das Schwarz. Aber wann hat sie davon erfahren?

Sie dreht sich zu mir um und winkt mich zu sich heran, dann schenkt sie mir keine Beachtung mehr und blickt wieder auf die Aussicht. Ein schwarzer Schleier verdeckt ihr Gesicht, aber ich glaube gesehen zu haben, dass sie darunter gelächelt hat. Also lasse ich meinen Schatten wieder herrschen, trete auf sie zu und sinke neben ihr auf die Knie, ihrem Blick folgend.

„Ist es nicht schön?", fragt sie lind und ich bin überrascht und verblüfft zu hören, dass sie die Sprache meiner Kindheit spricht, die der Hauptstadt des Nordens.

Es ist nicht Joana, huscht es mir erleichtert durch die Gedanken.

„Ja", antworte ich in derselben Sprache und bemerke, dass auf ihrem Schoß eine schwarze Katze sitzt, ein gesundes, erwachsenes Tierchen mit weißer Brust und grünen Augen.

„Ist es deine?", frage ich angetan.

„Ja", antwortet sie ruhig und gutgelaunt, greift die Katze unter den Vorderbeinen und küsst ihren Kopf, bevor sie sie wieder absetzt. „Sie hat mal meinem Mann gehört. Aber seit unserem Tod will sie immer auf meinem Schoß sitzen."

Ich wundere mich nicht. Ich spare mir Floskeln, sie scheinen mir vollkommen deplatziert.

„Seit *eurem* Tod?", fragt mein Freund dennoch nach. Sie nickt. „Ja. Mein Mann ist vor einem Jahr gestorben. Und kurz danach ich."

Sie ist wie ich, schießt es mir durch den Kopf. Sie hat sich verloren und sich danach selbst neu zusammengefunden. Das ist die einzige Erklärung dafür, dass sie hier sitzen und mit dieser inneren Größe und Majestät mit mir sprechen kann. Eine einfache Frau im Gewand einer Königin, der dasselbe widerfahren ist wie mir. Es *muss* so sein.

„Wie ist ... dein ‚Schatten'?", frage ich. Ich hoffe es, ja, ich bete darum, dass ich recht habe, denn ich hätte es nie für möglich gehalten, dass es sie gibt – mehr solche Gestalten wie mich.

„So wie du ihn siehst", antwortet sie unbekümmert und streichelt ihre Katze.

Ich schweige und betrachte sie. Lässt sie also gerade ihren Schatten herrschen? Zeigt sie mir ihr Inneres, ohne dass ich darum gebeten habe? Hat sie gespürt, dass ich bin wie sie, noch bevor sie mich kommen gehört hat? Sie weiß, wovon ich spreche – bedeutet das dann, dass ...?

„Wie siehst denn *du mich*?", frage ich weiter und gen Ende höre ich mich selbst hilfesuchend sprechen: „Was bin ich?"

„Ich habe keine Ahnung, *was* du bist", antwortet sie und wendet mir ihr verschleiertes Gesicht zu. „Aber du bist wunderschön."

Ihre Hand streift über meinen Arm und ich bemerke, dass er weiß und aderig geworden ist mit kräftigen, langen Fingern, einer schönen, liebevollen Hand. Und ich spüre keinerlei Anstoß an der Annäherung dieser Frau. Wir sind weit über die gewöhnlichen Assoziationen einer Berührung und damit verbundene körperliche Begierden und Sehnsüchte hinaus.

„Wer war es bei dir?", fragt sie mit dem lächelnden Verständnis einer Nonne.

„Meine Freundin", antworte ich knapp und fühle keinen Bedarf, das näher zu erläutern oder zu rechtfertigen, weil keine weiteren Fragen von ihr ausgehen.

„Hmm", macht sie. „Interessant, wozu das Leben uns macht, nicht?"

Ehe ich antworten kann, werden wir von den Rufen eines Kindes unterbrochen. Ein Mädchen eilt auf uns zu, keine acht Jahre alt, dunkelhaarig und bildhübsch, eine Latzhose aus braunem Cord, ein blaues T-Shirt. Gänseblümchen in der Hand. Ein völlig normales Kind, mit munteren blauen Augen. Die Witwe lacht leise und das Mädchen setzt sich auf den Rocksaum der Mutter. Als ich es grüße, starrt es mich fasziniert an.

„Du siehst ein bisschen aus, wie ihr Vater", erklärt die Witwe und legt der Kleinen einen Arm um die Schultern. „Er war auch so blass und schwarzhaarig und hatte etwas Mädchenhaftes. Nur keine Flügel, stimmt's? Papa hatte keine Flügel."

Das Kind schüttelt den Kopf und schenkt mir plötzlich das

reinste Strahlen, das ich je gesehen habe und es ist klar: Wir befinden uns auf einer Ebene neben unserer Realität. Unser Leben spielt sich dort unten ab, in der Stadt, die unter uns liegt, und wir müssen es meistern, jeder für sich. Aber es macht Seifenblasen, in denen wir uns für wenige, kurze Momente des Selbstseins ausklinken können. Zwei solcher Blasen haben sich gerade gekreuzt. Nur so konnten wir uns begegnen.

„Wir müssen langsam los, Schatz."

Das Kind rappelt sich auf und sammelt seine Blumen zusammen. Auch seine Mutter erhebt sich in ihrem prunkreichen Gewand, menschlich angestrengt, und zum ersten Mal sehe ich die Fülle ihrer Figur, die feminine Masse ihrer Oberarme. Trotzdem bewegt sie sich mit Kraft und Leichtigkeit.

„Begleitest du uns?"

Für einen Herzschlag überfragt nicke ich umso schneller und springe auf die Füße. Gemeinsam steigen wir den Hügel hinab und gehen den Schotterweg zurück, den ich gekommen bin.

„Wie alt ist sie?", frage ich, trete ein Steinchen beiseite und meine die Tochter, die uns vorausehüpft. Die Luft wird langsam kühler, sanfter Nebel steigt zu unseren Füßen auf.

„Sechs. Im Herbst geht's in die Schule."

„Sie ist sehr hübsch."

„Danke sehr", antwortet die Witwe mit mütterlichem Stolz. Das Kätzchen murrt etwas Unzufriedenes und krabbelt ihr über die Schulter. Lachend, aber bestimmt hebt sie das Tier wieder auf den Arm. „Sie ist ein gutes Kind. Seit ich ihr vorlese, will sie höfische Geschichten hören. Jane Austen mag sie auch, und Oscar Wilde. Sie versteht das noch nicht ganz, aber sie will nichts anderes."

Ich muss verwundert schmunzeln. Eigenartige Interessen für eine Vorschülerin.

„Genauso wie diese ganzen stumpfsinnigen Animationsfilme", fährt die Mutter fort und trifft bei mir, vermutlich unbewusst, wieder ins Schwarze. „Alle Kinder schreien nach dem nächsten Nemo und Flutsch-und-Weg und Hast-du-nicht-Gesehen. Und wir schauen lieber Tim Burton." Sie blickt ihrer Tochter nach. Ich auch. Sie könnte Joanas Kind sein. Und meins.

Wir passieren den weitläufigen Wiesengrund hinter meiner Schule, der vor unzählig scheinenden Jahren der Schauplatz von Joanas und meinen Märchen war. Hier, frei und doch in fremder Begleitung und auf völlig andere Weise vertraut, weil sie etwas Einmaliges ist, wirkt das hohe Gras sterbend und alt, es weckt kaum noch lebendige Erinnerungen.

Wir erreichen Joanas Siedlung. Kinder aus Einwandererfamilien spielen vor den Häusern Fußball. Sie schenken uns keine Beachtung. An einer der Türen, von denen der rote Lack bereits abspringt, bleibt sie mit ihrer Tochter stehen und wendet sich nach mir um.

„Danke für's Heimbringen, ‚Schatten'." Sie schmunzelt über meine zuvor gewählte Formulierung.

„Kein Problem, gern. Ich hatte den gleichen Weg."

„Ich hielt es ja für sinnvoll, dieser Sache einen Namen zu geben." Sie deutet an ihrer verschleierten Gestalt hinab.

„Und? Wie ist dein Name?"

Sie reicht mir die Hand. „Schwarze Witwe", sagt sie wie jemand, der mir gerade seine E-Mail-Adresse gibt. Hier, auf gepflastertem Boden und zwischen gleichaussehenden Wohnhäusern von gewöhnlichen Familien, hat es für mich nichts Merkwürdiges.

„Merkur", antworte ich mit gleicher Selbstverständlichkeit, als hätte ich diesen Namen schon immer gekannt, und drücke ihre Hand.

„Merkur", wiederholt sie. „Ja, das passt. Halt die Ohren steif, Merkur. Alles wird gut."

„Alles Gute."

Kurz bevor sie die Tür hinter sich schließt, nimmt sie Hut und Schleier ab und ich kann einen Blick auf ihr Gesicht werfen. Sie hat etwas Grobschlächtiges, Abgenutztes und Intelligentes. Sie erinnert mich an Elena und ich frage mich, ob sie als Kind auch Glasscherbenschätze in einem Vorgarten vergraben hat.

Ich wende mich ab und weiß, dass ich diese Frau nicht wiedersehen werde. Sie hat ihre eigene Mission, so wie ich meine habe. Unsere Seifenblasen haben sich getrennt und es gibt keine Wahrscheinlichkeit, dass sie sich wieder begegnen. Vielleicht irgendwann, im Vorbeiziehen, und dann sind wir nichts mehr füreinander als ein motivierender Gedanke.

So ist das also.

Wenn uns übel mitgespielt wird, erschaffen wir uns ein neues Ich, eines, das allen Widrigkeiten trotzt, nachdem es zuviel gesehen hat. Es ist nicht nur eine Frage des Selbst, denn sobald die Verwandlung stattgefunden hat, sobald wir wissen, was sie bewirkt hat und woraus sie bestand, tragen wir dieses neue Ich wie eine inkarnierte Maske beständig über uns und sie wird von außen wahrnehmbar. Für die Augen weniger Eingeweihter wächst vielleicht nur unser Selbstbewusstsein. Diejenigen aber, die die Schwelle überschritten und alles hinter sich gelassen haben, was sie an ihre alten Gebrechen fesselte, werden zu neuartigen Individuen, die sich gegenseitig erkennen.

Ich frage mich, ob jeder Mensch zu dieser Verwandlung in der Lage ist. Bestimmt ist sie nur mit einem großen Schritt zu schaffen, der viel Tapferkeit erfordert.

Versunken in Gedanken, die über die Grenzen der Welt hinausgehen, absolut nicht bereit für das Leben und den Abend vor mir und nur wenige Minuten zu spät klingele ich an Joanas Tür.

14:

Die Hand meines Vaters

Der frühe Sommer umarmt uns. Seite an Seite gehen wir durch die Stadt, wir trinken in der späten, abendlichen Sonne, wir lachen Passanten aus, wir tanzen, nur mit Augen füreinander. Wie diese Stadt erstarrt ist in der Zeit unserer Kindheit, zapfen wir aus ihren Wurzeln ein Gefühl der Vergangenheit, sehen uns in einem Hologramm der Welt in einem Zustand, wie sie vor allem war, was geschehen ist. Vor der Hauptstadt des Westens, vor unserem Abschluss, vor unserer Band. Vor Marco.

Wir schmecken alte Tatsachen, in denen es nur uns gibt, und erkennen, wie sehr wir ihren Geschmack vermisst haben.

„Ich will morgen nochmal zu meinen Eltern", teile ich Joana mit, meine Hände mit ihren verschlungen, meine Wange an ihrer. „Auf einen Kaffee, bevor wir fahren."

„Ja, gut", antwortet sie zaghaft und dann geht auf ihrem Gesicht die Sonne auf. „Aber du sollst auch bei mir sein."

Diese Sonne greift um mein Herz.

„Bin ich doch. Nur für eine Stunde. Ja?"

„Ja, ist gut. Lass dir Zeit. Sei nur rechtzeitig wieder da."

Ich fahre durch ihr Haar, mit den Fingerspitzen ihre Wange entlang und sie lässt mich gewähren. Sie schmiegt ihr Gesicht in den Hauch meiner Berührung und schließt die Augen für einen kurzen, für mich so bedeutungsvollen Moment.

„Meinst du, wir stehen morgen überhaupt rechtzeitig auf?", spricht sie wieder mit einem Lächeln, das von mir die Zustimmung verlangt, dass unsere Nacht lang wird.

„Keine Ahnung." Ich zucke mit den Schultern, schließe meine Arme um sie und alles scheint mir möglich. Ich denke an die bevorstehenden Stunden, in denen wir bedenkenlos die Laken teilen, an ein entspanntes Aufstehen morgen, einen kompakten, übernächtigten, aber ruhigen Tag und an unsere Zweisamkeit, sobald wir wieder im Auto nach Hause sitzen. Ihren friedlichen Schlaf an meiner Seite. Ihre Finger, die meine finden. Wir sind längst keine Kinder mehr, aber wir sind zeitlos, stehengeblieben im Erwachsensein. Wir schaffen das, weil wir am Ende wieder zusammen sind. Während wir unterwegs sind, kommen wir nicht auf die Idee, uns nicht zu genügen. Wir sprechen, als hätten wir uns seit Monaten nicht mehr gesprochen, wir hören uns zu und alles erscheint mir so neu und spannend. Als wäre ich in der Lage, Joana in einem neuen Licht zu sehen, namhaft Joana und nicht Marian. Und ich habe das Gefühl, dass sie Merkur akzeptiert. Dass seine starke Schale ihr gefällt.

So ineinander versunken bleiben wir die ganze Nacht, bis vor den Fenstern der Morgen graut, während sie an meiner Brust einschläft. Es ist stickig im Wohnzimmer ihrer Mutter, die Luft noch erfüllt von unserer Liebe. Aber mit den Fingern in Joanas Haar, ihre Stirn an meinen Lippen, falle auch ich in einen traumlosen und seichten, aber glücklichen und nötigen Schlaf.

„Hallo, Süß!", grüßt mich meine Mutter am nächsten Tag. Sie gibt mir einen Schmatzer auf die Wange, die tropfnassen Hände flossenartig von sich gestreckt. Sie hat gerade abgespült. Das erkenne ich an der alten Scheibe von Linkin Park, die in der Küche läuft. Sie sieht niedlich und jung aus mit ihrem zurückgesteckten, dünnen braunen Haar, dem braunen Pullover, den ich in der fünften Klasse trug und der abgetragenen Hausjeans. Egal wie sehr meine Mutter über ihre Alterserscheinungen schimpft, ich sehe sie nicht. Für mich bleibt sie immer 35.

Der Küchentisch ist gedeckt.

„Ah, hast du deinen Gutschein eingelöst?" Ich fahre mit den Fingern über die neue Tischdecke, grau mit rotem Stickmuster. Vor Jahren hat sie sich von mir zu Weihnachten eine solche gewünscht. Da ich keine finden konnte, schenkte ich ihr einen selbstgebastelten Coupon mit einer nie ablaufenden Gültigkeit. „Das weißt du noch?", staunt sie.

„Klar. Ich habe vieles vergessen, aber das nicht. Wie viel?" Ich krame in der Jackentasche nach meinem Geldbeutel.

„Hmm ... 20", sagt sie mit gespielter Bestimmtheit. Sie ist eine schlechte Lügnerin und weiß das auch, aber ich rechne ihr hoch an, dass sie meine finanzielle Situation respektiert. Daher respektiere ich auch ihre Bescheidenheit, als ich ihr einen blauen Schein in die Hand drücke.

Der Professor hat Zwetschgenkuchen gekauft. Weder Mutter noch ich mögen Kuchen besonders, er dafür umso mehr, und umso mehr rührt mich diese Geste. Ich fühle mich verleitet, an die kleine Schachtel Pralinen zu denken, die er mir zu einer meiner letzten Abschlussprüfungen geschenkt hat. Seitdem schenke ich ihm immer Pralinen gleicher Art zu Weihnachten.

Da kommt er auch schon schwerfällig angestapft aus dem zweiten Stock, ein puschelhaariger, großer Mann um die 70 mit der Konstitution eines 40-Jährigen, grüßt mich mit einem väterlichen Schlag der mächtigen Hand auf die Schulter. Was ich an dieser kleinen Familie mag: Wir sparen uns Floskeln und sprechen stets so, als hätten wir uns erst gestern gesehen.

„Sag mal, haben du und Joana nicht Lust auf ein bisschen Tapetenwechsel?", fragt er kryptisch, als wir alle am Tisch sitzen. „Ein Haus im Süden?"

„Ein Haus im Süden?", hake ich nach und werde von einem komplett verständnislosen Geräusch meiner Mutter begleitet. Es gibt nur ein Haus, von dem er sprechen kann: Das seiner Mutter, ein dreistöckiges, antikes Ding aus dem Baujahr des Weltkriegs, mit Goldfischteich in einem verwunschenen Garten.

Bevor ich etwas sagen kann, kommt mir meine Mutter zuvor. „Wohnen da nicht noch George und seine Familie?"

„Najaaaa ...", sagt er gedehnt, als müssten wir beide längst darum wissen. „Der hat doch diesen Rechtsstreit. Noch ein paar Jahre, und er muss zurück nach Mexiko."

Ich denke nach. Ein eigenes Haus in einem idyllischen Vorort einer reichen Großstadt, beste Anbindungen, viel Platz, viel Grün – nur für Joana und mich?

„Man müsste es renovieren", fährt der Professor fort. „Aber ihr seid ja noch jung. Ihr könnt das."

„Wir sind doch gerade erst umgezogen – ans andere Ende des Landes", beginne ich zögerlich, merke aber, wie die Idee mir zunehmend gefällt.

„Ist ja nicht die Rede von ,Jetzt'. Aber in ein paar Jahren vielleicht. Wenn ihr die Nase voll habt von der Großstadt."

„Dann gründen sie nie eigene Familien", funkt Mutter trocken hinein, lächelt aber.

Der Professor lacht. „Vielleicht gründen sie ja *eine* eigene."

Ich sehe ihn an, diesen alterslosen Kerl, und frage mich, was aus dem konservativen, strengen Erzieher von damals geworden ist. Vermutlich ist es das Alter, das seinen Kopf locker werden lässt, vielleicht die räumliche Distanz oder beides. Vor zehn Jahren jedenfalls hätte ich mir eine solch lockere, lächelnde Vermutung von seinen dünnen Lippen nicht vorstellen können.

„Ist uns doch schon allen klar, was mit euch da los ist", fügt er hinzu.

„Das ... Moment mal, das ist nicht gesagt." Noch immer verblüfft hebe ich die Hand.

„Jaja."

„Nichts ,Jaja'. Wir sind kein Paar", beteure ich die Worte, die uns so routiniert über die Lippen gehen, wie ich es vermeide, in die Ecken des Hauses des Professors zu schauen, aus Angst, die schläfrig dort vor sich hinsiedelnden Spinnen würden sich auf meinen Kopf abseilen, sollte ich sie bemerken.

„Was denn dann?", fragt er mit einer freundschaftlichen Provokation, auf die ich mich gern einlasse, weil sie von wirklichem Interesse zeugt, und das zum ersten Mal seit Jahren. Vielleicht kommt es mir auch nur so vor, weil ich mit ihm nie ernsthaft darüber gesprochen habe.

„Die besten Freunde auf der Welt." Ich mache es mir wieder einfach, merke aber, dass die Erklärung unzureichend ist. „Naja, mehr als das eigentlich. Bezugspersonen. Seelenverwandte."

„Wenn du meinst", antwortet der Professor mit einem skeptischen, aber akzeptierenden Lächeln, als er sein Messer an einer Serviette abwischt. „Deine Mutter und ich haben nur etwas Angst, dass ihr beiden noch ewig allein bleibt – und dann ist es vielleicht zu spät."

Wir sind nicht allein, wir haben doch uns, schießt mir durch den Kopf, aber mein Schatten mahnt mich zur Vernunft. Unser Verhältnis ist für diese Generation unbegreiflich. Ich muss sachlich bleiben.

„Wir halten ja die Augen offen." Und ich lüge nicht, als ich hinzufüge: „Wir haben nur zu hohe Ansprüche. Wer immer sich anbietet, ist es einfach nicht. Ob ‚Er' oder ‚Sie'."

„Dann müsst ihr eben ein bisschen rumprobieren. Trial and Error! Die Tiere machen es doch auch nicht anders. Und Erfahrungen sind wichtig."

Ich möchte seine Theorie gerne am Boden zerschmettern, aber ich spüre einen Widerstand, ein Innehalten. Noch mehr solcher Erfahrungen wie letzten Monat? Noch mehr Blut an meinen Händen?

„Ja ... ja. Machen wir ja auch."

„Dann ist ja alles gut." Er trinkt einen Schluck Kaffee. „Nächsten Monat ist wieder Familientreffen im Süden." Und dann fügt er hinzu: „Du kannst Joana doch mitbringen."

Ich wechsle einen Blick mit Mutter, die genauso verdutzt dreinschaut wie ich.

„Ernsthaft?"

„Natürlich. Dann können alle sich davon überzeugen, dass es wahr ist, was du sagst. Du hast diesen Familienzweig so vernachlässigt. Dabei sind das so gute Menschen. Intelligent, gebildet. Mit Einfluss. Überleg es dir mal, Kontakte in die Juristerei oder in die Staaten können euch sicher nicht schaden."

Sehr witzig. Ich habe diesen Familienzweig aus guten Gründen vernachlässigt. Zwei davon sitzen gerade vor mir.

„Und du meinst, die anderen wären einverstanden?"

„Klar! Sie fragen jedes Mal nach dir. Sie wollen doch sehen, was aus euch geworden ist. So viele Jahre, wie ihr jetzt Zwillinge seid."

Zwillinge. Ich muss lächeln. So hat uns noch nie jemand genannt und auch wir sind nie auf diese Idee gekommen. Aber das Wort trifft es ganz gut. Es ist freundlich und wertungsfrei und es impliziert, dass wir zusammengehören, ohne Nachfrage und ohne Zweifel. Und so unterschiedlich wir beizeiten ticken mögen, so sehr sind wir doch eins.

„Kann ich das schriftlich haben?" Eine Braue hebend nagele ich den Professor auf seiner Gewohnheit fest, etwas zu behaupten und sich am nächsten Tag nicht mehr daran zu erinnern.

„Versucht's wenigstens", sagt er noch, und dann: „Du kannst meine Hand drauf haben."

Ich drücke seine Hand, groß und langfingrig, mit trockener, spröder Haut auf den Fingerkuppen und Altersflecken auf dem Handrücken, die wie Sommersprossen aussehen, und in diesem Moment begreife ich, dass ich wieder einen Vater habe. Dass ich ihn schon seit meinem Umzug hierher hatte, selbst als der Mann, mit dem ich verwandt war, noch lebte. Die Erziehung des Professors hat einen guten, disziplinierten und duldsamen Menschen aus mir gemacht. Er hat alles richtig gemacht, was er konnte. Was mit mir nicht stimmt, ist nicht weltlicher Natur und das ist nicht mehr sein Belang. Aber mit den Eigenschaften, die er und Mutter mir beibrachten, will ich mich nun selbst darum kümmern.

Kompromisse eingehen.

Ehrlich sein.

Verantwortung für meine Taten übernehmen.

15:

Ein Herz, zwei Seelen (Reprise)

„Zieh das Blaue an. In dem hier siehst du fett aus."

Joana hält inne und wendet sich um, lässt das beige Abendkleid lieblos sinken und starrt mich mit offenem Mund an.

„Das Blaue ist besser. Das hier macht dir ein breites Kreuz. Das magst du selbst nicht."

„Das hättest du auch anders sagen können!", schimpft sie, Worte gefunden und schon wieder lächelnd, weil sie mit Direktheit umgehen kann. Sie hat ihren ganzen Schrank zerwühlt, während ich längst fertig bin und zurückgelehnt mit einem dritten Glas Wein in der Hand auf sie warte.

„Sage ich nicht, wie es ist, brauchst du noch länger. Ich will doch, dass meine Schauspielerin heute hübsch aussieht und sich auch so fühlt."

Joana schüttelt den Kopf, noch etwas betroffen von meinem Satz, und legt das beige Kleid zur Seite. Sie will schon das Blaue anziehen, aber mittendrin hält sie inne, wirft mir einen provokanten Blick hin und das Kleid weg, um sich doch das Beige über die Haut zu ziehen.

Ich lache.

„Mir gefällt aber das besser. Das hast du jetzt davon!", frotzelt sie.

Manchmal bedarf es nur einer definitiven Meinung, um die eigene zu finden. Und genau genommen macht es für mich keinen Unterschied. Sie wird heute Abend – wie so oft – die schönste und interessanteste Person der Runde sein.

Wir treffen uns mit ihren Kommilitonen, deren Kameras sie ab und an ihr Talent leiht, in einer rauchigen Themenbar. Kultplakate an den Wänden, roter Anstrich, viel Qualm über dichtbesetzten

Tischen. Laute Musik. Die Barkeeperin hat keine von den fünf Cocktailalternativen, die ich mir nacheinander bestelle.

Ich fühle mich gut, wenn ich mit Joana weggehe. Im Kreise ihrer künstlerisch begabten Kumpanen, wo Intellektualität die Gespräche beherrscht, und kein stupider Small Talk. Ich fühle Merkur wachsen, wenn ich im Zentrum der Runde sitze, ohne von jemandem besonders mit Achtung versehen zu sein. Ich habe alle im Blick und fühle mich mächtig, auch wenn keiner außer mir es bemerkt. Ich fühle mich umkreist von durchdringender Menschlichkeit und umso mehr fühle ich mich unmenschlich, enthoben aller Standards, Triebe und Wünsche, die die jungen Leute um mich herum steuern. Ich habe Kontrolle, aber sie wissen es nicht.

Wenn ich Merkur bin, habe ich die Freiheit, jedem offen ins Gesicht zu sehen, ohne Scheu, ohne Angst. Ich weiß, dass ich über eine Macht verfüge, die kein anderer kennt oder innehat. Ich sehe mir die Jungs an, ich sehe mir die Mädchen an und weiß, dass ich jeden von ihnen bezaubern und wahnsinnig machen kann, wenn ich will.

Nur will ich es nicht. Denn entweder verwandelt mich das in einen alles verschlingenden Dämon oder einen Menschen, was ich beides als unangemessen empfände.

Es ist zu laut, um die ganze Gruppe in ein Gespräch zu schließen, also bilden sich Grüppchen. Nur ich habe die privilegierte Position am Tisch-L, von wo aus ich alle Gespräche mitverfolgen kann. Joana sitzt mir gegenüber. Sie spricht mit einer Regieassistentin und einem Freund, der sich sein Lebensmotto – „Vegan" – auf die Flanke tätowieren hat lassen, über die Ästhetik von Horrorfilmen, und sie hebt sich ab aus dieser ganzen Masse an zusammengesteckten Köpfen. Ich weiß, wie viel Wert sie auf ihre Erscheinung in der Öffentlichkeit legt, und ich sehe, wie leicht es ihr von der Hand geht, sich in ein Gespräch zu integrieren, wenn sie nur will. Sie ist ein smarter, kundiger und unterhaltsamer Gesprächspartner. Eine Person, die einen einzufangen vermag, mit ihrer eigenen, gegebenen Macht. Wir sind füreinander bestimmt und wir wissen das.

Nach und nach löst die Runde sich auf. Die letzten Gäste sind wir und ein paar Schauspieler. Der exzentrischste davon, ein künstlerisch frisierter Blonder namens Robert, trennt sich verfrüht von uns, um Plätze in einem Edelclub zu sichern. Wir folgen ihm nach einer Weile zu viert, haben aber keinen großen Enthusiasmus, schnell zu sein. Die Nacht ist kühl und angenehm, die Stimmung gelöst. Als wir am *Boulevard* ankommen, schlendert Robert uns bereits wieder entgegen.

„Ich hab den Chef von Universal gegrüßt und er wusste noch, wer ich bin! Und die Schnitten, ich sag's euch!"

Eine von diesen sogenannten Schnitten torkelt gerade an mir vorbei, krummbeinig auf hochhakigen Schuhen und viel zu dürr in ihrem viel zu knappen Kleid. Mir fehlt der Anspruch so dermaßen, dass ich kotzen möchte.

Ein bisschen beleidigt davon, dass Joana, Herbie, Manuel und ich uns diese Geschmacklosigkeit geschlossen nicht antun wollen, verlässt Robert uns mit einer der letzten fahrenden Bahnen. Wir aber erleichtern einen Kiosk unter der Brücke um seinen Wodkavorrat und machen es uns auf einem für die Nacht stillgelegten Baumarktparkplatz bequem, um unsere Horrorfilmdebatte fortzusetzen. Natürlich machen Uhrzeit und Pegel einen weich in der Birne. Aber diese Situation erinnert mich stark an unsere Jugend. Ich bin Herbie und Manuel wohlgesonnen. Sie sind interessante, funkensprühende junge Kerle, die es noch weit bringen, wenn sie sich nicht nur auf Schnitten beschränken.

Irgendwann kommt ein Ire vorbeigeradelt und will wissen, was wir machen. Er lädt uns zu sich nach Hause ein, nachdem er erfahren hat, dass manche von uns Musik machen oder gemacht haben. Nur ein paar Ecken weiter, und es gebe noch mehr Schnaps.

Wir verbringen den Rest der Nacht bei Ian, in seiner großfenstrigen Altbauwohnung, auf seiner Elektroorgel jammend oder seine Sammlung an Leinwandgemälden betrachtend, die er von einem Künstler aus den Staaten erhalten hat, um sie hier zu versteigern. Ich war Tasteninstrumenten schon immer zugeneigt, aber diese bodenbedeckende Mappe weckt mein Interesse heute mehr. Zackige Motive, viele Holz- und Kupferstiche. Im Zentrum ein häufig nicht weiter definierter Mensch, umgeben von abstrakten, in einem ansprechenden Chaos angeordneten geometrischen Formen. Am besten gefällt mir die Leinwand im Flur, ein wandlanges Gemälde in sattem Dunkelrot. Der Protagonist ist schwarz und steht mit dem Rücken zu mir und blickt auf einen Wust schattierter, verrissener Dreiecke, die es so wirken lassen, als sei am Horizont gerade eine Bombe explodiert.

Erstaunlich, wie wenig Joana und ich heute miteinander reden. Wir sehen uns aber an und ich merke, wie wir uns mit Blicken alles sagen, was nötig ist.

Als wir Ian verlassen, scheint die Sonne bereits hell auf unsere Haut. Wir bringen die Jungs zum Bus und suchen uns unseren eigenen Weg aus dem Zentrum, fahrig, entspannt und noch immer wach.

„Zum Glück", haucht Joana, sobald wir wieder allein sind. „Der Ire war gegen Ende ganz schön aufdringlich."

„Ich hab's gesehn. Aber du hattest es gut in der Hand."

„Ja. Was will der auch von mir?"

„Das, was alle Männer von dir wollen."

Sie schlägt lächelnd nach mir. „Jetzt übertreibst du aber."

„Ich weiß es."

Joana wird nachdenklich. Das sehe ich an ihrem Blick, der langsam runder wird und in die Ferne geht.

„Du hast dich ganz schön verändert in letzter Zeit."

Es ist ihr also aufgefallen. Mit einem zufriedenen Lächeln zünde ich mir eine Zigarette an. Sie weicht, aber ich will es trotzdem wissen.

„Wie?"

„Du bist manchmal ein ganz schöner Arsch. Nimm Elias mal nicht so wörtlich."

Ich muss zynisch auflachen. „Ich habe von Elias nur eine Sache gelernt."

„Ein ganz schöner Arsch zu sein?" Sie schmunzelt vorwurfsvoll.

„Ehrlich zu sein, Joana. Ehrlich, ich hab die Schnauze voll davon, zu leben, wie es von uns erwartet wird. Mich mit anderen zu messen. Wir sind besser als sie, und ihre Banalität geht mir gegen den Strich. Und wenn mir das auffällt, sage ich das, oder zeige es."

„Daher die arrogante Masche." Sie nickt verstehend.

Ich zucke mit den Schultern. „Arrogant, vielleicht. Aber nicht mit recht?"

„Doch, schon", sagt sie nach einer Weile, aber mir fehlt der zustimmende Glanz in ihren Augen. Schließlich lächelt sie wieder und sieht unglücklich aus dabei. „Aber diese beiden von heute Abend waren wirklich nett. Endlich mal neue Bekanntschaften. Interessante Menschen, keine Loser."

„Ja, ich würde sie gerne wiedersehen." Heute meine ich das noch ernst, für wahrscheinlich halte ich das aber nicht. Genau genommen, auch wenn die beiden Jungs mit ihren Interessefeldern und ihrem erfrischenden Engagement eine angenehme Neuerung waren, weiß ich noch, dass mir das Allerheiligste unserer Zweisamkeit am wichtigsten ist. Somit messe ich ihnen keinen besonderen Wert bei. Für die Gesellschaft vielleicht, aber nicht für mich. Für mich sind sie ein Teil der „anderen", und wir sind „wir".

Ich muss an die Schwarze Witwe denken und danke ihr für ihren simplen Zuspruch. „Alles wird gut", hat sie gesagt, und so sieht es auch aus.

Ich nehme Joana bei der Hand und frage mich, ob die Schwarze Witwe ebenso glücklich ist, wie ich.

„Ich habe einem Mal ein Date versprochen", sagt Joana plötzlich aus heiterem Himmel, „und hab es nie eingehalten. Tapian von rockistglueck.de, kennst du den noch? Der hat gesagt: ‚Alle Mädchen sagen immer nur, sie treffen sich nochmal mit mir.' Ich hab gesagt: ‚Quatsch, wir können uns gern nochmal treffen.'"

„Ja, er war ganz nett."

„Ich hab mich nie wieder gemeldet." Sie sagt das wertungsfrei, aber dann sieht sie mich ertappt an und lächelt.

„Und, hat er sich beschwert?"

„Nein." Sie wartet eine Weile und sieht mich an. Ich werde das Gefühl nicht los, dass sie etwas hören will. Wenn wir es schon von Ehrlichkeit hatten – war das ihr erster Schritt, mir etwas zu erzählen, worüber sie bisher geschwiegen hat? Aber was kann ich ihr erzählen, was sie nicht längst weiß? Haben wir uns in letzter Zeit wirklich Dinge angespart, die es loszuwerden gilt?

„Ich habe Piper die Ohren vollgejammert, dass AJ depressiv ist", erzähle ich. Piper war eine Musikerin, eine Frau, in der ich zeitweise mehr sah, als meine erste abseitige Verliebtheit. Irgendwann hat sie unseren Freundeskreis gekannt.

„Wann?"

„Irgendwann nach einem Konzert. Ich hatte keine Lust, dass er mit auf Aftershow kommt, und hab ihn schlecht gemacht."

„Assig."

„Ja."

„Kennst du noch deine roten Sneakers? Ich hab dich sie mal holen geschickt, um kotzen zu gehen."

Ich betrachte ihre Figur, ihre schlanken Rundungen. Sie hatte schon immer Sorgen, was ihr Gewicht anging und ich fürchtete zeitweise, dass ihre bulimischen Ausbrüche Gewohnheit werden würden.

Ich erwidere nichts und sage stattdessen: „Ich habe mal unsere Zigaretten aufgeraucht, als wir kein Geld hatten, und als du die Packung vergessen hattest, behauptet, es hätte auch nie eine gegeben."

Sie wechselt einen Blick mit mir. Die Pausen zwischen den Geständnissen werden immer kürzer. „Ich habe mal die Nachbarskatze in der Tür gequetscht, bis sie geschrien hat."

„Ich hab dir mal den Tod gewünscht."

„Ich weiß."

Ich frage mich, woher, aber ich sage es nicht laut. Auch wenn ich weiß, dass sie nie meine Tagebücher gelesen hat, kennt sie mich wie ein offenes Buch. Unser Verstand ist eins und so ist unser Herz, das den anderen liebt, egal welche Grausamkeiten es erfährt. Würde es aufhören zu lieben, würden wir beide daran zugrunde gehen. Diese Verbindung hat nichts Nebensächliches und Unbeschwertes mehr. Sie ist ein Segen und eine Last des immer Zweigeteilt-Seins. Sie ist ewig, weil wir sie jetzt schon das zweite Jahrzehnt in Beton gießen. Versucht einer von uns auszubrechen, richtet er Schaden an. Und Joana, die im Gegensatz zu mir noch zu leben versucht wie „ein normaler Mensch", noch „normale" Träume und Wünsche nach Familie, nach dem Sich-haltlos-Verlieben, nach erfüllenden „anderen" hat, weiß das genauso gut wie ich. Sie schweigt lange Zeit vor ihrem nächsten Geständnis.

„Ich hab mich mit Marco getroffen, als du bei deinen Eltern warst."

Was mir eben noch durch den Kopf ging, erstarrt zu einer immobilen Gewissheit und Quecksilber füllt sie von unten herauf, als sie dieses Fass anstickt.

„Wann?", frage ich erkaltet.

„Letztes Mal."

Ich bringe es nicht fertig zu sprechen.

Aber schon im nächsten Moment wird mir klar, dass sie etwas verwechselt haben muss. Meine innere Einstellung saugt sich voll mit dem Blut aus Merkurs nächster Flügelwunde, aber zugleich beruhige ich ihn und mich selbst in Gedanken, versuche, uns warm und am Leben zu halten und – das Schwerste – Joana nichts davon zu zeigen.

„Ich habe Marco umgebracht", sage ich und schließe die schwere, grüne Wohnungstür hinter uns.

16:

Die Reise

In letzter Zeit weint Joana ziemlich oft. Sie versucht, es mir nicht zu zeigen und meistens gelingt es ihr, binnen von Momenten in eine sorglose Stimmung zu wechseln. Sie hat das manchmal – sentimentale Durchhänger, in denen sie um ihre Zukunft fürchtet, sich von den Pflichten des Alltags erdrückt fühlt oder ihren eigenen Ansprüchen nicht genügt. Ich bin dankbar, dass sie mich diesmal nicht mit reinziehen will. Sie weiß, dass ich mir dann Sorgen mache und mir vermutlich noch systematischer den Kopf zerbreche als sie.

Ich werde niemals das Telefonat vergessen. Wir waren 14, sie an der Grenze eines Nervenzusammenbruchs, gequetscht von den Schikanen ihrer Mutter, ein Opfer der eigenen Träume und ihrer blühenden Fantasie.

„Ich bin raus. Ich bin weg", hatte sie gesagt. Tränen zerrten an ihren Stimmbändern.

„Weg wohin? Wohin?" Ich sank zusammen, am Heizkörper in der Ecke meines Elternhauses.

„Einfach weg. Frag nicht. Such mich nicht."

„Bist du auf dem Acker?"

„Such mich nicht."

„Bist du im Wald?"

„Ich wollte mich für alles bei dir bedanken, Dex. Du bist ein unglaublicher Freund. Mach's gut und bleib daheim bei deiner Familie."

Ich hatte noch nie solche Angst um sie gehabt. Ich will mir nicht vorstellen, was gewesen wäre, hätte ich auf sie gehört.

Ich fand sie auf unserem Acker. Wir sahen uns an und alles war gesagt.

Seitdem war ich hellhörig, wenn sie diese Phasen hatte. Aber wir sind älter geworden, rationaler. Jetzt, wenn sie in ihre Frühsommerdepression verfällt, weiß ich, dass sie vorbeigeht. Ihr zur Seite zu stehen, verlangt mir viel Kraft ab, aber wenn ich sie zum Lächeln bringen kann, ist das Lohn genug für mich.

Deine Zukunft ist hier, Geliebte. Du musst mich nur ansehen. Ich bin hier, ich werde deine Sorgen mit dir tragen und durch mich siehst du jedes Mal einen neuen Morgen.

Niemand kennt Joana so gut wie ich, daher bin ich die einzige Person, die ihr helfen kann.

Ich ziehe mich auch jetzt nicht vor ihr zurück und ich fühle, dass sie mir diesmal gar nichts sagen muss, um meinen Beistand zu erfahren. Im Gegenteil fühle ich unser Verständnis aufblühen, weil sie anders zu mir ist.

Sie schweigt, obwohl sie normalerweise nicht müde wird, mir das, was sie bedrückt, zu erzählen. Sie sieht mich an. Wieviel Aussage doch in einem Blick stecken kann, wenn er so oft wiederholt wird, dass es auffällt! Üblicherweise widmet sie sich im Alltag nach der Uni der Masse ihrer Online-Kontakte, chattet mit mehreren Leuten gleichzeitig, regelt mehrere Sachen gleichzeitig.

Jetzt sieht sie nur mich an, wenn ich in der Nähe bin oder mit ihr spreche. Hört mir zu. Auf jede Frage bekomme ich beim ersten Mal eine Antwort. Dinge, die unsere Seelen bewegen, müssen nicht mehr ausgesprochen werden, damit wir uns verstehen.

Sie spricht nicht mehr von anderen Männern. Und je mehr sie schweigt, umso verbissener schläft sie mit mir, umso leidenschaftlicher verschränkt sie ihre Finger mit meinen. Umso länger sind unsere Nächte und umso inniger unsere Küsse. Ich glaube, sie hat es langsam begriffen, dass ich für sie da bin. Dass ich für sie und nur mit ihr existiere. Dass ich ihre Bestimmung bin. Dass uns niemand trennen und dass uns zusammen nichts und niemand schlagen kann.

Manchmal frage ich mich, ob Joana auch einen Schatten entwickelt hat. Sie strahlt, für mich noch mehr als sonst, wenn sie weint. Sie ist erhaben dabei, eine stolze Herrscherin von Gefühlen und Chaos. Sie hat abgenommen, das hat sie sich schon immer sehnlich gewünscht. Ihre Blässe schmeichelt ihrem braunen Haar, das umso länger, wilder und weicher wirkt. In ihren Augen glänzen neues Wissen, Erfahrung und Klugheit, die sie auf meine Ebene heben.

Ich frage mich, ob ich für ihre Verwandlung verantwortlich bin. Natürlich. Jemand musste sie mit der Nase auf ihre Einzigartigkeit stoßen. Da sie mehr am Leben hing als ich, tut ihr die Verwandlung mehr weh als mir. Deswegen leidet sie diesmal.

„Liebling, was willst du heute essen?" Ich komme Joanas Verwandlung mit offenen Armen entgegen. Ich bin die stumme Wand des Beistands in seelischen Dingen und die tatkräftige Hand im Alltag, den wir bewältigen müssen.

Sie schweigt eine Weile. „Ich bin dein Blümchen."

„Heißt das, du weißt es nicht?", hake ich liebevoll nach.

Sie bürstet sich ihr Haar mit langsamen Bewegungen, den Blick, verschmitzt und latent traurig, stets in den Spiegel gerichtet. Dann schminkt sie sich das weiße Gesicht.

Mein Blümchen.

Sie schüttelt den Kopf. „Was Gutes", sagt sie dann mit dem überwältigenden Liebreiz eines kleinen Mädchens.

„Dann denke ich mir etwas aus." Ich ziehe einen Stuhl heran, küsse ihre nackte Schulter und lehne meine Stirn dagegen. Dann betrachte ich uns im Spiegel. Beide blass und dunkelhaarig, beide wissend, beide liebend und verschwiegen dabei. Wo ich malträtiert, vernarbt und verrissen bin, strahlt sie mit schneeweißen Rüschen, Perlen und tadelloser Unschuld. Weiße Blumen winden sich um ihre Handgelenke. Die Träne, die sie weint, ohne zu schluchzen, ist schwarz von verlaufener Wimperntusche.

Mein Blümchen.

Meine traurige Braut.

Das geht vorbei, mein Sonnenschein. Und am Ende sind wir stärker denn je.

Sie überblendet selbst meine Vorstellung von sichtbarer Bedachtheit in diesem Moment. Rätsel lauern hinter ihrer Stirn, Dinge, die für mich wie Fragezeichen aussehen, kodiert in einem Schriftbild, das nur sie versteht. Obwohl sie sich gerade schwach fühlt, zieht sie die Fäden und glaubt an sich. Alles ist machbar für sie, wie für mich. Die Welt liegt ihr zu Füßen, mit mir kann sie sie verändern.

Und doch birst mein Herz vor Mitgefühl für sie, für den Schmerz ihrer Verwandlung, für die damit verbundenen Sorgen, die sie plagen. Ich liebe sie, und ich bin bereit, alle Kräfte dafür zu geben, dass sie am Ende glücklich wird. Dass sie ihr altes Dasein loslassen und mit mir aufsteigen kann.

Meine Geliebte.

Mein Pierrot.

Das ist ihr Name.

Joana hält inne und betrachtet uns ebenso. Ihr Lächeln ist gemartert, aber friedvoll. Das Telefon klingelt, aber wir bewegen uns nicht.

„Lass uns mal wieder wegfahren", schlägt sie zärtlich vor.

„Wohin?" Ich fahre mit den Fingerspitzen über ihre weiche Haut. Meine Hand duftet nach ihr.

„Irgendwohin. Wir brauchen Urlaub."

„Nur du und ich?"

„Nur du und ich."

Das letzte Mal, dass wir das gemacht haben, kommt mir vor, als wäre es Jahrzehnte her. Aber ich stelle mir vor, dass wegzufahren, die Umgebung zu wechseln, genau das Richtige für uns wird. Raus aus dem Alltag an einen Ort, wo wir in Ruhe und nur aus eigenen Bemühungen füreinander Kraft schöpfen und gemeinsam auferstehen können. Unserem Umfeld pflegen wir immer zu klagen, wir hätten kein Geld, aber diese Idee erscheint mir gerade wie eine lebensrettende Maßnahme.

Von mir aus plündere ich dafür meine Ersparnisse, auf denen ich unsere Existenz gründen wollte. Wenn alles gelingt, wie ich es mir vorstelle, werden sie ohnehin irrelevant sein, wenn wir wiederkommen weil uns alles gelingen wird, was Pierrot und Merkur sich vornehmen.

„Aber ich suche den Ort aus!" Joana hat Feuer gefangen, sie dreht sich zu mir um, blickt mich mit großen Augen an, in denen ein, wenn auch schwermütiges, Lächeln liegt.

„Wie du willst", sage ich leise, lehne meine Stirn gegen ihre und überlasse ihr gern die Wahl der Stätte ihrer Verwandlung.

Sie soll die gleiche Kraft erfahren, die ich bei meiner Verwandlung gespürt habe. Als ich alles abwarf wie eine alte Haut. Es wundert mich nicht mehr, dass es ihr schwerer fällt. Aber es bestätigt, was ich von uns denke. Sie braucht mich für ihre Zukunft und ich gebe ihr alles, was sie braucht.

Paris wird es sein. Wo wir uns an Weihnachten im kalten Wind oben im Eiffelturm geküsst haben. Wo wir in den Gärten von Versailles spazieren gingen und uns ausmalten, dass Baroness Marian dort lebte, mit ihrem Knecht Elias, den sie wider ihrer Verlobung liebte. Wo wir im Morgengrauen und kalten Licht des englischsprachigen Fernsehers miteinander schliefen und der Putzfrau auf gebrochenem Französisch verboten, sich unserem Zimmer vor Mittag zu nähern.

Oder London. Wo ich selbst nie war, von dem Joana aber in den höchsten Tönen schwärmt. Von dem pulsierenden Leben, den lebensfrohen und motivierenden Menschen, der eigenartigen Sprache an verschiedenen Ecken. Den hübschen Jungs vom Schwulenstrich in Soho, den Geistern des Tower.

Oder vielleicht die Staaten, von denen wir beide noch keine Ahnung haben. New York mit seinen Glasfronten und Theatern oder Los Angeles mit den Freaks in den Straßen und den Starallüren jedes zweiten Bürgers?

Oder die unberührte Natur Neuseelands, die romantische Menschenleere, die Joana immer anzieht, weil die Landschaft, die sie auf Bildern und in Filmen sieht, in ihr die Sehnsucht nach einer anderen Welt weckt.

Wofür auch immer sie sich entscheidet, ich bin da, ich werde ihr folgen, über sie wachen und dafür sorgen, dass sie in meinen Händen erblüht, sich selbst erkennt und frei ist von allen Zwängen und Ängsten.

Es vergehen ein paar Tage, in denen wir uns einschließen. Ich ziehe das Telefon raus und wir schalten die Handys stumm. Das Internet brauchen wir, um die Reise zu planen, aber Joana verbietet sich selbst, auf Facebook zu schauen – das sagt sie mir zumindest. Soll sie tun, was sie will, es stört mich nicht, es fällt mir nicht auf. Denn wann immer ich es will, wann immer ich auch nur wortlos danach verlange, ist sie da. Sie scheucht mich fort, wenn sie irgendwas zu unserer Reise recherchiert.

„Hau ab! Es ist eine Überraschung."

Ich werde sie mir nicht selbst verderben. Alles ist mir recht. Jeder Ort, an dem wir zusammen sein können.

Nur: „Gib mir dann die Zahlungsdetails."

„Psssst."

Entweder sie streckt es vor, oder es wird etwas überraschend Günstiges. Ich ziehe mich ans andere Ende des Zimmers zurück, von dem aus ich sie beobachten kann. Sie ist konzentriert, verbissen in ihrer Sache. Ich wünschte, diesen Enthusiasmus bei ihr zu sehen, wenn sie an sich selbst arbeitet. Sie bringt mich zum Lächeln. Sie macht mich glücklich. Ich melde mich auf der Arbeit krank. Für 14 Tage erst mal, das ist meine reguläre Zeit, um eine Bronchitis auszukurieren. Zwei Wochen lang Tee, Vitamintabletten, Inhalation und viel Schlaf.

Der Sommer steht fast am Ende seiner Blüte, als der Tag unserer Abreise näherrückt. Die Sonne hat ihre Aggressivität verloren, sie taucht Parks und Waldstreifen bereits jetzt in die ersten, vielfältigen Rottöne. Joana hat aufgehört zu weinen und ich weiß noch immer nicht, was uns erwartet.

„Hast du deine Zahnbürste?", fragt sie mich alarmiert. Sie legt unheimlich viel Wert auf Zahnpflege – ich auch, darum nicke ich.

„Ja. Hast du Geld, dein Handy, Ausweis?"

„Ja." Sie wirft sich auf mein Bett. Dennoch wirkt sie auf mich eher erschöpft als ausgelassen. Mit einem Lächeln winkt sie mich zu sich.

Ich küsse sie lang.

„Ich hab so viele Klamotten eingepackt, dass meine Tasche nicht mehr zugeht", gesteht sie lachend.

Das ist nichts Ungewöhnliches. Sie will immer eine Auswahl dabeihaben, selbst wenn sie dafür ihren halben Kleiderschrank mitschleppen muss.

„Brauchst du noch eine?"

„Nein. Ich setz mich einfach auf meinen Koffer drauf. Dann geht es schon."

„Wo gehen wir hin?", frage ich, wie so oft in den letzten Tagen.

„Ich sag's dir nicht." Sie lächelt, ihre Hände zittern leicht wie bei der Erwähnung eines gut gehüteten Geheimnisses.

Bald sitzen wir im Auto. Es kann also nicht weit sein. Ich bin erstaunt, dass sie sich um alles gekümmert hat. Seit ich sie kenne, hat sie immer Probleme, eine Sache komplett zu Ende zu bringen, aber diesmal scheint sie es geschafft zu haben. Die ersten guten Zeichen ihres Fortschritts. Die Wege, die Unterkunft. Die Bezahlung. Wir fahren nicht nach Europa raus. Klar, sie könnte sich das ohne meinen Zuschuss gar nicht leisten. Aber sicherlich genug ins Abseits, um Abstand von der Hauptstadt zu nehmen, wahrscheinlich an den großen Wald, der daran grenzt. Vielleicht gibt es dort ja Seen. Ich mag kein tiefes Wasser, das weiß sie, aber Natur, Grün und unberührtes Wasser vermissen wir in unserem Alltag sehr.

Ich beobachte Joana im Beifahrersitz. Sie schläft nicht wie sonst. Ihre Augen sind auf die Landschaft gerichtet, die immer rustikaler wird. Bald haben wir die Stadt hinter uns gelassen und sehen vereinzelte, kleine Dörfer, die die Autobahn säumen. Verträumte Siedlungen, in denen es ein Problem darstellt, „einfach mal einkaufen zu gehen", wenn man kein Auto hat. Von weißwandigen Einfamilienhäusern umgebene Kapellen, eine auf der Ost-, eine auf der Westseite. Orte, zu denen man am liebsten einfach aus dem Auto heraus fliegen würde, weil man sie gerade sieht, weil man sich die Leute dort vorstellen kann: gegerbte Bauern und deren üppige Frauen, die den Tag nicht vor dem Abend loben, den Tisch reich decken und ihre Kinder schimpfen, weil sie den Hofnachbarn Klingelstreiche spielen.

In einen dieser verschlafenen, in der Zeit stehengebliebenen Orte biegen wir ein. Ich lese das Ortsschild, aber wir durchfahren ihn nur und folgen pappelumstellten Landstraßen durch die noch grünen Felder. Der Raps steht in voller Blüte, bildet Labyrinthe und dicht bekrönte Verstecke in seinen Reihen. Ich glaube, ein paar Kinder darin spielen zu sehen.

Wieder beobachte ich Joana. Sie schweigt nach wie vor, die Miene ernst, die Augen auf etwas gerichtet, das sie innerlich sehr beschäftigt. In solchen Momenten nimmt ihr Gesicht manchmal die Grobheit ihres Vaters an. Sie trägt eine kurzärmlige Bluse aus weißer Spitze. Da ist das kleine Muttermal auf ihrem linken Oberarm. Das erste Mal habe ich es gesehen, als ich sie das erste Mal im Badeanzug sah – in der vierten Klasse. Ihr Kinn ist stolz gereckt, sie wappnet sich für die Zeit, die auf sie zukommt, ich sehe es. Die hellen Wangen ein wenig eingefallen – oder eingesaugt – sie findet, das verleihe einen aristokratischen Touch. Sie schlägt sich gut. Tapfer durchschreitet sie in sich alles, was ihr widerfahren ist, nimmt es mit in den Katalog ihrer Probleme, um sich in naheliegender Zukunft damit zu konfrontieren. Zu kämpfen, auf mich gestützt.

Aber selbst wenn sie noch nicht so weit ist, kann ich Pierrot sehen, wie einen Vorboten ihres impulsiven Wesens. Das Bild ihres Schattens liegt klar vor mir, es sitzt neben mir. In Gedanken schließe ich meine Flügel um sie. Sie werden keine Risse mehr bekommen, denn sie ist hier. Bei mir. Am Ende der Reise.

Wir halten vor einem hübschen, weißen Anwesen, mitten im

Wald. Am Tor, das gesäumt von dunklen Gitterstäben vor uns schnörkeltragend aufragt, steigen wir aus und warten auf Einlass. Die Luft riecht nach Tannennadeln. Ich höre Kinderstimmen und das Plätschern von nahe gelegenen Brunnen. Ein Surren bedeutet uns, dass wir erwartet werden. Joana und ich schreiten Seite an Seite durch eine blumengesäumte Vorderanlage, einen Schotterpfad hinauf zu den Stufen des großräumigen Hauses. Es sieht aus, als hätte es lange Flure und dicke Wände, die eine Vielzahl an Geräuschen schlucken. Vor der Tür sitzen zwei alte Herren und spielen Schach. Kurz, aber umso neugieriger und freundlicher schauen sie von ihrem Brett auf.

An der Tür empfängt uns eine Dame in Weiß und geleitet uns zur Rezeption: einem massiven Eichentresen in einer hellen Vorderhalle, die vom bunten Licht aus den Mosaikfenstern durchflutet wird. Joana nennt unsere Namen. Die Dame nickt, sie weiß Bescheid.

„Zimmer 187.“

Sie schiebt uns einen Schlüssel hin. „In einer Stunde gibt es Abendessen im Gemeinschaftssaal. Und über den genauen Ablauf unterhalten wir uns gleich im Anschluss.“ Sie sieht mich dabei an. „Durch den rechten Flügel, die Treppe hoch, dann sind Sie im richtigen Flur.“

Wir folgen ihrer Anweisung. Je höher wir steigen, umso durchsichtiger und farbloser werden die Mosaikfenster, das Treppengeländer ist mit schwarzem Plastik übergossen und an manchen Stellen rostig. „Damen“ steht auf einem Wandschild, das wir passieren, und ein Pfeil. Da ist der Flur. Es ist alles so weiß hier. Die Wände, der Boden, die Türen. Die Betten und selbst deren Gerüste.

Wir betreten unser Zimmer. Lilien stehen auf der Fensterbank.

Joana setzt sich schwungvoll, aber auch erschöpft von einer langen Reise, ins Schneeweiß der Federdecke und sieht sich um. Ich tue es ihr gleich. Weiße Gardinen, eine weiße Decke auf dem hellhölzernen Tisch. Ein großes Fenster, dessen Öffnungsmechanismus mir auf den ersten Blick kryptisch erscheint. Ein großer Kleiderschrank und ein Regal. Zwei Stühle am Fenster. Es ist vor kurzem gelüftet worden. Ich rieche Hortensien und Rosen, spätnachmittäglich schwer.

Erst jetzt sehe ich, dass Joana ihren Koffer nicht bei sich hat. „Wo sind deine Sachen?"

„Oh ... Ich muss sie bei der Rezeption stehengelassen haben. Ich bin gleich wieder da." Sie erhebt sich, sieht mich an und umarmt mich. In ihren Augen erhasche ich eine brüchige Schwere, bevor ich meine Arme um sie schließe.

„Mach's dir schon mal bequem", sagt sie, eigenartig erstickt. So klingt sie, wenn sie eine schwere Phase durchlebt und sich aufs Wesentliche konzentrieren will.

Ich löse mich von ihr und sehe sie an, mit aller Liebe und Zuversicht, die ich gerade für sie empfinde. Ihr Kinn in meiner Hand fühlt sich hart an, so als würde sie sich mir entziehen.

„Ich liebe dich."

„Ich liebe dich auch", antwortet sie und schon ist sie raus aus meinem Griff, auf dem Weg zur Tür.

„Soll ich dir helfen?" Ich nehme ihre Stelle an der Bettkante ein und wippe ein bisschen.

„Ach Quatsch. Ich schaff das schon." Sie sieht über die Schulter, irgendwas hält sie, und als ich zu ihr aufsehe, lese ich Liebe in ihrem Blick, die sie mir nie zuvor geschenkt hat, ein Zugeständnis, ein Versprechen. Und, alles überschattend, eine aufrichtige Entschuldigung.

Als sie die Tür hinter sich schließt, weint sie ein bisschen.

Ich sehe ihr einen Moment lang nach, bis mich ein Impuls packt, aufzustehen und aus dem Fenster zu blicken. Kinder spielen im Garten. Da sind die Brunnen, die ich gehört habe. Einer rechts, einer links in der Anlage. Die Sonne geht hinter den Pappelkronen unter. Hier sehe ich sie noch. In der Stadt wäre sie längst hinter dem hohen Horizont aus Blockhäusern verschwunden. Mir ist warm.

Unten vor dem Tor parkt ein roter Polo und daneben steht eine weiße Gestalt. Ich sehe ihre schmale Taille, in die ich meine Hände graben will. Die Arme ruhig herabhängend steht sie da und blickt zu dem Auto. Das dunkle, lockige Haar fließt über ihren schlanken Rücken. Dann öffnet sich eine Tür. Pierrot steigt ein. Für einen Moment ist er vor meinen Blicken verborgen, bis ich in der Helligkeit des Sommernachmittages durch die Heckscheibe des Autos blicken kann.

Joana ist darin. Sie umarmt den Fahrer – er hat langes, blondes Haar – und vergräbt ihr Gesicht in seiner Schulter.

Die stillose Uhr über dem Schreibtisch zeigt 04:08 Uhr.

Es ist alles so weiß hier.

Epilog:
Liebt mich oder zerreißt mich

Ich gewöhne mich schnell an neue Umstände.

Die Leute hier sind freundlich zu mir. Ich nehme meine Sitzungen wahr, wie sie mir verordnet sind, und gebe nach bestem Wissen und Gewissen das Bild eines vernünftigen, auf gute Führung bedachten Geisteskranken ab. Ich spiele ab und an mit den Kindern, wenn wir alle in den Garten dürfen – etwas, das ich früher nie gern getan habe. Ich helfe in der Küche aus, weil die Köchinnen zwar nicht viele Mittel, aber mein kulinarisches Gespür wertschätzen, und philosophiere mit den alten Herren am Schachbrett über das Leben. Nur Joana habe ich nicht mehr gesehen, seit sie in den Polo gestiegen ist.

Die meiste Zeit über schreibe ich. Ich bevorzuge es sogar, allein zu sein, denn ich glaube, das Schreiben ist etwas, das tief in mir verankert ist, ein verborgenes Talent. Sonntags gibt es für die Volljährigen ein Bier oder ein Glas Wein – aus dem Ort, versteht sich, immer die gleichen Sorten. Damit schreibt es sich leichter. Wir dürfen rauchen, aber der Kiosk hat seltsame Öffnungszeiten und sein Sortiment hin und wieder nicht aufgefüllt, sodass wir übers Wochenende manchmal Engpässe haben und uns zu viert eine Zigarette am Tag teilen müssen.

Wenn die Sonne scheint, im Herbst oder auch im darauffolgenden Frühling, sitze ich auf der Fensterbank der Kapelle im Hinterhof und schreibe. Dann geht die Zeit vorbei. Ein Sommer, ein Herbst, ein Winter. Und schon beginnt der nächste Frühling.

Egal, was die anderen mir sagen, ich gehe hier nicht mehr raus, bevor die Welt weiß, was ich ihr mitgebracht habe. Bevor sie alle die Macht der Verlassenen in sich erkennen, bevor sie wissen, wie sie sich selbst helfen und wieder auf eigenen Beinen stehen können. Viele haben die Hoffnung aufgegeben und belächeln mich, weil sie nicht erkennen, dass sie ihres eigenen Glückes Schmiede sind. Für sie ist der Schritt zu etwas Neuem zu unvorstellbar, zu weit weg, um ihn zu wagen und der Alltag in den weißen Mauern raubt ihnen die Kraft.

Ich aber sage: Es ist nie zu spät. Und sie mögen mich für noch so realitätsfern und idealistisch halten, ich büße meinen Mut niemals ein. Bist du 9 oder 90, dein Schatten schlummert in dir und was das Leben aus dir macht, das nimm an, denn es verändert dich zu einem Wesen, das du nie erwartet hast und das dich bis ans Ende deines Lebens ergänzen wird.

Liebt mich oder zerreißt mich – es obliegt euch. Aber wenn ihr meiner Worte und Taten gedenkt, erkennt ihr die Kräfte, die in euch ruhen.

Die Sonne scheint mir auf den Hinterkopf. Ich sitze auf einer weiß gestrichenen Bank im Garten, einen Stapel Altpapier auf dem Schoß, weil die Rezeption kein weißes mehr hat. Da kommt ein Mädchen angerannt – ein hübsches, junges Kind, Latzhose aus braunem Cord, ein blaues T-Shirt. Sie macht es sich auf meinen Knien bequem und liest:

„Ich bin frei und unterdrückt
Ich bin Kind und ich bin Greis
Ich bin fliegend und gefesselt
Ich bin Bild und ich bin Tat
Ich bin Euphorie und ich bin Tragik
Ich bin Eins und ich bin Zwei
Ich bin Epos und Minimalismus
Ich bin tags und ich bin nachts
Ich bin Engel und ich bin Krieger
Ich bin schön und ich bin Ekel
Ich bin vorwärts und ich bin auf der Stelle
Ich bin Beschützer und Bezwinger
Ich bin beneidet und ich bin Neider
Ich bin Freund und ich bin Spalter
Ich bin Konstante und ich bin brüchig
Ich bin Lust und ich bin unberührbar
Ich bin offen und ich bin Geheimnis
Ich bin Heim und ich bin Reise
Ich bin Frühling und ich bin Eis
Ich bin Streben und ich bin Hindernis
Ich bin Silber und ich bin Gift
Ich bin Idee und ich bin Zweifel
Ich bin Ruhe und ich bin Wut
Ich bin Plan und ich bin Amnesie
Ich bin gläubig und ich bin unwissend
Ich bin Blume und ich bin Holz
Ich bin Sonne und ich bin Wüste
Ich bin Hunger und ich bin genug

Ich bin viel und ich bin zu viel.

Ich bin Mann und ich bin Frau."

ICH BIN MERKUR.

Ava Sergeeva

Ava Sergeeva wurde 1987 in St. Petersburg geboren, studierte in Erlangen Theaterwissenschaft und Japanologie. Seit 2012 lebt und schreibt sie in Berlin. Zudem engagiert sie sich in einem gemeinnützigen Verein für kulturelle Vielfalt in deutschsprachigen Medien und leitet Projekte zur Fortbildung von Medienschaffenden mit und ohne Einwanderungsgeschichte. Seit 2013 ist sie Schirmherrin und Co-Leiterin der „Taverne Zwischen Den Welten", dem ersten monatlichen Treffen der Berliner Liverollenspielszene.

„Ich bin Merkur" ist ihr mit Spannung erwartetes literarisches Debüt.

www.avasergeeva.wordpress.com